Für

Burke

mit den besten

Wünschen

Finkelstein

3-4-05

Die Autorin:

Dr. Kerstin Emma Schirp, geboren 1974 in Hamburg, Journalistin und Wissenschaftlerin, studierte und arbeitete u.a. in Wien, Prag, San José (Costa Rica) und Buenos Aires.
Buchveröffentlichungen: „Das Deutschlandbild der deutsch-jüdischen Emigranten in Argentinien", Editorial Semanario Israelita, 1998 und „Die Wochenzeitung 'Semanario Israelita'. Sprachrohr der deutsch-jüdischen Emigranten in Argentinien", Lit-Verlag, 2001.

Kerstin Emma Schirp

Jude, Gringo, Deutscher

Das abenteuerliche Leben des
Werner Max Finkelstein

Herstellung: Books on Demand GmbH
ISBN 3-8311-4166-5
© 2002 bei den Verfassern. Alle Rechte vorbehalten.
Umschlaggestaltung: Claus von Boguslawski, Berlin.
Printed in Berlin, Germany 2002.

Inhalt

Vorwort	7
Eine kurze Kindheit	9
Berlin - Suche nach Sicherheit in der Grossstadt	15
Die „Kristallnacht" und der Entschluss zur Emigration	20
Kindertransport nach Schweden	23
Beginn der Reise um die Welt	32
Mit dem Transsibirienexpress quer durch UdSSR	41
Kirsch- und Aprikosenblüte in Japan	43
Mit dem Frachter nach Amerika	46
Entlang der amerikanischen Pazifik-Küste	49
Ankunft in Bolivien	55
Bauarbeiter in La Paz	58
Entstehung eines Wasserkraftwerkes im Nichts	61
Im Gefängnis von La Paz	67
Zinn-Minen in Oruro	70
Die Urwaldprovinz Beni	77
Ein Te Deum zum Kriegsende	86
Auf Aligatorenjagd	89
Das Urwalddach als Landepiste	91
Cochambamba, Stadt des ewigen Frühlings	96
Als Möbelverkäufer in La Paz	98
Die Emigranten-Clique	103
Ein Sägewerk im Yungas	106
Sozialismus und ein Hauch von Zionismus in La Paz	110
Adiós Bolivien	113
Bildteil	116
Buenos Aires - eine neue Welt	135
Im Elektrogrosshandel	139
Abgeworben	142
Perón - der argentinische Faschist	144
Schock: Kein Zutritt in jüdische Institution	151

Die erste grosse Liebe	153
Familiengründung	156
Jazz- die Leidenschaft	161
Der Albtraum vom eigenen Haus	165
Korruption und Vetternwirtschaft	168
Redakteur im „Argentinischen Tageblatt"	170
Kaufhauskette „Casa Tía"	177
„Semanario Israelita", die Zeitung der Emigranten	179
Tätigkeit in anderen jüdischen Institutionen	184
Alltägliche Korruption und andere Sitten und Gebräuche	187
Militärdiktatur und die Folgen für Journalisten	190
Identität der Emigranten	195
Erster Besuch in Deutschland	198
Im Gelobten Land	201
Jüdisches Leben in Argentinien	205
Reise ins Herz des Jazz: New Orleans	207
Ex-Bolivianer-Treffen	212
„Semanario Israelita" vor dem Aus	214
Die Liebe	216
Ratlose Russen und Behörden in Berlin	219
Abbruch der Zelte in Buenos Aires	223
Ankunft in Berlin	225
Zurück in „Tiergarten"	227
Offenes Berliner Leben	228
Familiäres	230
Reisen in alle Welt	232
Besuch in der Vergangenheit: Gumbinnen	234
Zweite Reise auf Spurensuche: Schweden	244
Berliner Alltag	248

Vorwort

Im Februar 1997 lernte ich während eines Argentinienaufenthaltes Werner Max Finkelstein in der Redaktion seiner Zeitung „Semanario Israelita" kennen. Ich studierte in Hamburg Politische Wissenschaften und hatte eigentlich damals nur vorgehabt, durch ein kurzes Praktikum während der Semesterferien einen Überblick über diese besondere Form des Auslandsjournalismus zu gewinnen. Was dann geschah, war mehr als ungeplant: Max und ich verliebten uns ineinander, aus meinem zweimonatigen Aufenthalt wurden zwei Jahre und schliesslich zogen wir gemeinsam nach Berlin. Hier schrieb ich meine Dissertation über das „Semanario Israelita".

Während dieser gemeinsamen Jahre sprachen wir oft über die deutsche Vergangenheit, die Emigration und dem von ihr geprägten Leben meines Mannes. Ich beschloss, seine Biografie aufzuzeichnen - so hautnah wie er sie mir erzählt hatte. Herausgekommen ist dieses Buch, eine Geschichte der Umbrüche und Neuanfänge, der wechselnden Identitäten, der häufigen, erzwungenen Neuorientierungen und schliesslichen „Heimkehr" in ein gänzlich verändertes Deutschland. Eine Geschichte, die trotz ihrer häufigen Tragik, dennoch gespickt ist mit Abenteuern und Erlebnisreichtum - gelebt von einem Mann mit unerschütterlichem Lebensoptimismus und Humor.

Kerstin Emma Schirp, Berlin August 2002

Eine kurze Kindheit

Geboren wurde ich am 1. Mai 1925 in Gumbinnen, einer Kreisstadt im damaligen Ostpreussen. Heute gehört das Gebiet zu Russland und wird als „Oblast Kaliningrad" bezeichnet. Meine Eltern, Frieda und Hermann Finkelstein, besassen ein gut gehendes Kaufhaus in der Hauptstrasse der Stadt, die damals Königstrasse hiess. Ausserdem gehörte ihnen das grösste Hotel der Stadt, „Kaiserhof", das verpachtet war und - noch vor meiner Geburt - ein Kino. Meine Eltern stammten beide aus bescheidenen Verhältnissen und hatten das Geschäft in jahrelanger Arbeit aufgebaut. Alles lief bestens, die Stammkundschaft war zufrieden und es ging uns wirtschaftlich gut.

Das änderte sich schlagartig mit jenem fatalen 30. April 1933, als die SA-Horden die jüdischen Geschäfte in ganz Deutschland boykottierten: Sie stellten sich vor die Eingänge der Läden und versuchten die Kunden am eintreten zu hindern. Auch das Geschäft meiner Eltern blieb nicht verschont. Wie so viele deutsche Juden hatten sich auch die beiden immer als gute Deutsche betrachtet. Sie konnten es nicht fassen, was in ihrer Heimat geschah. Vater, der 1914 freiwillig für „Kaiser und Vaterland" in den Ersten Weltkrieg gezogen war, reagierte empört. Er ahnte ebensowenig wie alle anderen, was noch alles kommen sollte. So überquerte mein Vater die Strasse, wo sich die Polizei befand, um mit seinem Kriegskameraden, damals Polizeichef von Gumbinnen, über die „nächsten Schritte" zu beraten. Die Antwort war für ihn vernichtend: „Ich kann nichts unternehmen. Heute haben sie (die SA) die Macht in ihren Händen". Für meinen Vater brach eine Welt zusammen. Alles, was er sich aufgebaut hatte, all seine Arbeit sollte umsonst gewesen sein? Beinahe über Nacht war aus diesem angesehenen Kaufmann eine Art Aussätziger geworden, dessen Besitz nicht mehr von der Polizei geschützt wurde, sondern statt dessen staatlich legitimiert dem Ruin Preis gegeben wurde.

Meine Schule wurde kurz nach der „Machtübernahme" in „Adolf-Hitler-Schule" umbenannt. Jeden Morgen mussten wir vor Unterrichtsbeginn dem Hissen der Hakenkreuzfahne mit ausgestrecktem rechten Arm beiwohnen. Dabei musste auch ich das Deutschland- und Horst-Wessel-Lied singen. Wir hatten jedoch einen besonders sympathischen Klassenlehrer, der im Musikunterricht oft wunderschön Geige spielte. Dieser Lehrer suchte eines Tages meine Eltern auf, um sich bei ihnen zu entschuldigen, dass er nun gezwungen sei, den von den Nazis erstellten Unterrichtsplan zu lehren. Er gehe bald in Pension und wolle seine Zukunft nicht aufs Spiel setzen. Hierfür hatten meine Eltern auch volles Verständnis. Während ich mich im „Rassekundeunterricht" über meine eigene Minderwertigkeit informieren liess, wusste ich fortan immerhin, dass mein Lehrer selbst nicht glaubte, was er unterrichtete.

In meiner Klasse befand sich ein weiterer jüdischer Mitschüler, Ewald Wasser, Sohn des Kantors der

Gumbinner jüdischen Gemeinde. Zusammen mit einem katholischen Mitschüler mussten wir zu dritt die Klasse verlassen, wenn die protestantische Religionsstunde stattfand. Ich glaube, dass noch heute an vielen Schulen diese diskriminierende Offenlegung einer religiösen Andersartigkeit praktiziert wird. Die jüdischen Kinder der Stadt erhielten separat einen Religionsunterricht, der vom Kantor Wasser geleitet wurde.

In der Schule gab es auch nach dem Januar 1933 keine Probleme mit den Klassenkameraden, zu denen ich ein kameradschaftliches Verhältnis hatte und behielt. Besonders einen von ihnen beneidete ich, denn sein Vater war Feuerwehrmann. Er fuhr mit seiner schmucken Uniform an unserem Haus vorbei, wenn es mal in der Stadt brannte. Da ertönte zuerst die Sirene und von der Brauerei wurden eiligst die schweren Pferde geholt, die die Löschwagen zogen. Altri Tempi!

Mein Vater besass damals bereits ein Auto, einen Chevrolet, der von unserem Chauffeur Willy gefahren wurde. Willy half auch im Geschäft aus, da es nicht viel zu fahren gab. Abends fuhr er mit dem Auto nach Hause in sein nahe gelegenes Heimatdorf, in dem auch unsere Köchin Minna wohnte, beide strenggläubige Protestanten. Am Sonntag fuhren beide mit dem Auto zur Kirche! Aus heutiger Sicht erscheint es merkwürdig, dass der Chauffeur über das Auto verfügte und nicht meine Eltern. Da die beiden am Abend aber nur sehr selten ausgingen, brauchten sie den Wagen nicht und vertrauten Willy, dass er auch alleine ruhig und sicher fahren werde.

Ein wichtiger Begleiter meiner Kinderheit war Wolf, ein wunderschöner, schwarzen Schäferhund! Meine Eltern hatten ihn kurz nach meiner Geburt gekauft. Wir wuchsen praktisch zusammen auf und er begleitete mich später zur Schule, wobei er sogar meinen Ranzen trug! Auch mittags stellte er sich kurz vor zwölf Uhr an die Wohnungstür bis man ihn hinausliess, um dann vor dem Schulausgang auf mich zu warten, worauf ich sehr stolz war. Bis nach dem Abendbrot hielt sich Wolf in der Wohnung auf, wobei ich niemals versäumte, ihm in einem unbeobachteten Moment etwas von der Wurststulle unter den Tisch fallen zu lassen. Nachts schlief er im Geschäft und war vermutlich der beste Nachtwächter, den meine Eltern hätten finden können. Sein Tod ging mir damals sehr nahe.

Minna lernte bei meiner Mutter die jüdische Küche kennen. Sie kochte koscher, trennte also Fleischiges vom Milchigen. Dieses Koscher-Gebot hat seinen Ursprung in einem Bibelwort, wonach man nicht das Kalb in der Milch seiner Mutter kochen soll. Aus diesem simplen Satz entstand im Laufe der Jahrhunderte eine komplizierte Wissenschaft, die auch den meisten Juden nicht geläufig ist, da sie von der Auslegung der vielen Vorschriften und Verboten einzelner Rabbiner abhängig ist. Denn schliesslich hatten die Juden nach der Zerstörung des Tempels in Jerusalem kein zentrales Oberhaupt. Jeder Rabbiner war und ist für seine Gemeinde zuständig, sein Wort galt als der Weisheit letzter Schluss. Seit der

Staatsgründung Israels versucht die Orthodoxie dort diese zentrale Funktion zu übernehmen, was jedoch von den meisten jüdischen Gemeinden weltweit besorgt verfolgt wird, weil hier eher fundamentalistisches Gedankengut verbreitet wird, obschon die allermeisten Juden eher konservativ, traditionell, liberal, reformistisch oder gar agnostisch sind.

Gumbinnen lag an der Eisenbahnstrecke Berlin - Sankt Petersburg und so kamen ständig aus Osteuropa durchreisende Juden in unsere Stadt. Die meisten von ihnen waren völlig mittellos, vertrauten jedoch auf die jüdischen Tradition, wonach es eine religiöse Pflicht jeden Judens ist, einem in Not geratenen Glaubensbruder zu helfen. Da mein Vater Gemeindevorsteher war, richteten sich ihre ersten Schritte in unser Geschäft, wo sie etwas Geld für ihre Weiterreise erhielten. Da es ausser uns noch weitere wohlhabende Kaufleute auf der Hauptstrasse gab, machten diese teils notleidenden, teils berufsmässig „arbeitenden" Schnorrer, wie man die Bittsteller nannte, schnell die Runde in unserer Stadt und zogen mit einem erheblichen Geldbetrag weiter. Entweder fuhren sie in die nächstliegende Stadt Insterburg oder nach Königsberg.

Anders war es am Freitag, wo man einen Juden nicht auf die Reise schicken konnte, denn an diesem für uns heiligen Tag, durfte man nicht fahren. So ergab es sich, dass jeder Schnorrer selbstverständlich bei uns den Schabbat verbrachte, das heisst, er wurde zum Schlafen und Essen eingeladen. Am Freitagabend und zum Gottesdienst am Sonnabend vormittags wurden sie von meinem Vater in die Synagoge mitgenommen, bei uns bestens verpflegt und im hierfür vorgesehenen Gästezimmer einquartiert. Beliebt waren sie keinesfalls, da wir deutschen Juden immer befürchteten, diese armseligen Ostjuden, oder abwertend auch „Planjes" bezeichnet, könnten nur „Risches", das heisst Antisemitismus, verbreiten. Wir wussten jedoch, dass viele von diesen Männern vor dem in Osteuropa weit verbreiteten Antisemitismus aus ihrer Heimat geflüchtet waren und hofften, in einem anderen Land ein neues Leben beginnen zu können. Meine Eltern waren nicht orthodox, dennoch war ihnen die Tradition der Hilfsbereitschaft eine selbst auferlegte Pflicht.

Gelegentlich fuhren wir nach Eydtkuhnen, an der litauischen Grenze. Hier lebten ausser einer Schwester meiner Mutter, Minna, und ihrem Mann Bernhard Rubinstein, auch ihr Vater auf einem grossen Gartengrundstück am Stadtrand. Opa hatte in seinem Garten etwa sechs Kirschbäume und jedem Enkel hatte er „seinen" Baum zugewiesen. Ich kletterte also auf „meinen" Baum, um meine Kirschen zu pflücken, viele wanderten gleich in den Mund. Erst Jahre später begann ich nachzurechnen und mir wurde bewusst, dass jeder Kirschbaum in Wirklichkeit etwa fünf Enkeln gehörte - doch zum Glück waren niemals alle zur gleichen Zeit dort...

Nach der Machtübernahme der Nazis merkten wir schnell, dass an ein weiteres Leben in Gumbinnen nicht mehr zu denken war. Kurz nach dem Boykotttag fassten meine Eltern den Beschluss, alles zu verkaufen und nach Berlin zu übersiedeln, da man hoffte, in der Grossstadt anonymer und ruhiger leben zu können, als in der Provinzstadt, wo jeder jeden kannte.

Damals herrschte unter den deutschen Juden die aus heutiger Sicht naive Vorstellung, dass „der Spuk", wie das Nazi-Regime bezeichnet wurde, nicht lange anhalten könne: Das deutsche Kulturvolk werde doch niemals zulassen, dass der 'Pöbel' nicht nur die Strasse beherrschte, sondern auch die Macht im Staate ausüben könnte. Niemand von uns hatte Hitlers Machwerk „Mein Kampf" gelesen und wenn, hätte es keiner von uns für möglich gehalten, dass der „böhmische Gefreite", wie seinerzeit Deutschlands Präsident Paul von Hindenburg Hitler nannte, jemals die von ihm angekündigte Vernichtung der Juden auch in die Praxis umsetzen könnte.

Berlin - Suche nach Sicherheit in der Grossstadt

So trafen wir am 30. April 1935 in Berlin ein, um diese kurze Zwischenperiode möglichst unbeschadet zu überleben. Meine Eltern hatten bereits eine Wohnung in der Strasse Siegmunds Hof 2, bei der S-Bahnstation Tiergarten, gemietet. Am Ende der gleichen Strasse, Nummer 11, befand sich die Synagoge der orthodoxen Gemeinde Adass Jisroel. Mein Vater nahm den obligatorischen Synagogengang am Schabbat wahr und stellte das Rauchen jeden Freitagabend für 24 Stunden ein. Denn schliesslich darf ein Jude am Schabbat kein Feuer machen und folglich auch nicht rauchen. Am Schabbat wurde bei uns auch nicht gekocht, nicht geschrieben und keines der übrigen Verbote überschritten: Jede Form der Arbeit ist am heiligen Tag verboten.

Die ersten Monate besuchte ich eine nichtjüdische Volksschule und wechselte dann auf das Gymnasium von Adass Jisroel, wo ich jedoch auch nur ein Jahr blieb. Ich fühlte mich dort nicht wohl, die Schule war mir schlicht zu orthodox. Ein Beispiel: Bei einem Sportfest der jüdischen Schulen von Berlin im Grunewald verlor einer der Staffelläufer sein Käppchen und damit das Rennen. Denn schliesslich musste er anhalten und sich die Kippa wieder aufsetzten, um nicht Gott zu lästern... So ging ich dann in das Gymnasium in der Wilsnackerstr. 4, wo ich bis zu meiner Ausreise auch blieb. Ein guter Schüler war ich übrigens niemals. Dennoch bin ich meistens gerne zur Schule gegangen, bei schönem Wetter fuhr ich gelegentlich auch auf Rollschuhen dorthin, weil ich hier meine Freunde traf. Viele meiner Klassenkameraden wanderten nacheinander aus, was zum Normalfall wurde. Es gab stets kleine Abschiedsfeiern, wobei ich mich an die von Steffi Becker erinnere, deren Familie nach Kuba ging; an Heinz Silbermann, der nach Kolumbien oder Ecuador auswanderte, Günter Nathanson, Judith Zimmerspitz, die es nach Kanada verschlug sowie Gudula Kahn. Auch unser Deutschlehrer, Friedmann, der stets wie ein „zerstreuter Professor" wirkte und von allen geschätzt wurde, verliess eines Tages die Schule.

Einen nichtjüdischen Spielkamerad hatte ich aber auch. Er war der Sohn des Hausmeisters einer uns gegenüberliegenden schlagenden Studentenvereinigung. Zusammen veranstalteten wir auf mit Kreide gezogenen Bahnen Autorennen mit unseren kleinen, durch Knete beschwerten Rennwagen. Ich war der Caracciola mit Mercedes Benz und er der Stuck auf Auto-Union. Alles ging gut, bis eines Tages sein Vater ihm sagte, er könne nicht mehr mit einem jüdischen Jungen spielen, weil dies die „national" eingestellten Studenten stören würde. Aber auch dieses Ende einer Freundschaft war für mich damals „normal". Es entsprach eben den Umständen, in denen ich aufwuchs.

Ein anderer Abschied war da schon weitaus tragischer. Die Anonymität der Grossstadt, in die sich meine Eltern geflüchtet hatten, konnte meinem Vater nicht seine so mühevoll aufgebaute und dann von den Nazis zerschlagene Welt ersetzen. Schon bald nach unserer Ankunft in Berlin erkrankte dieser bis zur „Machtübernahme" so gesunde und stattliche Mann. Wenige Monate später, im Dezember 1935, verstarb mein Vater an einem Nierenleiden. Er wurde in Weissensee begraben. Nun waren meine Mutter und ich allein. Um mich abzulenken, schickte sie mich einige Monate nach Gera, wo Fritz Cohn, mein Cousin, als Rabbiner tätig war.

1938 hatte ich mit dreizehn Jahren in der Gemeinde Adass Jisroel meine „Bar Mitzwa", die offizielle

Aufnahme eines Jungen in die jüdische Gemeinde. Eigentlich spielt der Vater an diesem besonderen Tag eine grosse Rolle. An seiner Stelle begleitete mich nun mein ebenfalls aus Gumbinnen stammender Onkel Max zu der Thorarolle, aus der ich den für meinen Geburtstag zuständigen Text verlas. Den Segen erteilte mir Rabbiner Klein, der später in Buenos Aires in der orthodoxen Gemeinde für Juden aus Mitteleuropa amtierte.

Langsam, doch ständig wurden die Lebensbedingungen der Juden eingeengt. Schritt für Schritt beschnitt man uns die Bürgerrechte. Die „Nürnberger Gesetze" traten in Kraft, die Ausgrenzung aus der „Volksgemeinschaft" begann mit dem Verbot für jüdische Beamte, Anwälte und Richter, ihr Amt und ihren Beruf auszuüben. Jüdische Ärzte durften keine „Arier" mehr behandeln, es durfte kein nichtjüdisches Hauspersonal beschäftigt werden, an Lokalen prangten Schilder „Für Hunde und Juden kein Zutritt", auf den Parkbänken stand „Für Juden verboten". Beinahe täglich dachten sich die Nazis neue Formen aus, um die jüdischen Deutschen aus dem gesellschaftlichen Leben zu vertreiben.

Wir versuchten unter diesen schwierigen Bedingungen ein so „normal" wie mögliches Leben zu führen. Meine Mutter vermietete zwei Zimmer. Sie wollte nicht nur etwas Geld verdienen, sondern vor allem auch inmitten dieser tristen Lebensumstände etwas arbeiten, um sich abzulenken. Eines der Zimmer bewohnte der Direktor des orthodoxen Rabbinerseminars, Rabbi Weinberg aus Litauen. Zuvor war der

Haushalt meiner Mutter begutachtet und als koscher befunden worden. Das andere Zimmer hatte meine Mutter an einen peruanischen Studenten namens Juan vermietet, der als Nachrichtensprecher im deutschen Rundfunk die Propagandasendungen in spanischer Sprache las. Er wurde von meiner Mutter darauf hingewiesen, dass wir Juden seien, was ihm jedoch völlig egal war. So hatte ich auf meiner Bar-Mitzwa-Feier in unserer Wohnung, ausser der Familie, auch einen orthodoxen Rabbiner sowie einen Rundfunksprecher der Naziregierung zu Gast!

Juan war mit der damals neben Zarah Leander bekanntesten Schlagersängerin verlobt. Es war Rosita Serrano, eine Chilenin, die bei allen Schlagerveranstaltungen im Rundfunk auftrat, in Filmen mitwirkte und bereits eine Menge Schallplatten eingespielt hatte. Fast täglich fuhr Rosita Serrano unter den neugierigen Blicken unserer Nachbarn mit ihrem Cabrio vor und besuchte Juan, oder holte ihn ab. Beide genossen alle Privilegien, die das Regime seinen Günstlingen gewährte. So kam es, dass es meiner Mutter an nichts fehlte, was bereits damals rationiert oder einfach nicht mehr erhältlich war.

Hilfe bekam meine Mutter später aber auch noch von anderer Seite: Der Hauswart von Siegmunds Hof 2 versorgte nach Ausbruch des Krieges meine Mutter mit Molkereiprodukten und war ihr auch sonst bei Einkäufen behilflich. Im Luftschutzkeller hatte er stets einen guten Platz reserviert, was übrigens von den anderen Hausbewohnern unbeanstandet akzeptiert wurde.

Die „Kristallnacht" und der Entschluss zur Emigration

Ein für mich prägendes Ereignis war die berüchtigte „Reichskristallnacht" am 9. November 1938. Die Nazis hatten ihre Drohung, nichtdeutsche Juden auszuweisen, umgesetzt und stellten die polnischen Juden einfach an die Grenze zu Polen, das sich wiederum weigerte, sie aufzunehmen. Die Eltern eines Herrn Grinspans, der damals in Frankreich lebte, gehörten auch zu den um ihre Existenz gebrachten Menschen. In einer Art Verzweiflungstat erschoss Grinspan den Botschaftsbeamten Rath in Paris. Die Nazis hatten nur auf irgendeinen noch so kleinen Anlass gewartet, um endlich ihre gut vorbereitete Aktion durchzuführen, die später „Reichskristallnacht" genannt wurde. Die SA setzte in ganz Deutschland simultan die Synagogen in Brand und schlug die Schaufenster jüdischer Geschäfte ein. Viele Juden wurden erschlagen oder auf andere Art umgebracht, Geschäfte wurden geplündert, die Nazis drangen in die Häuser der Juden ein, brachten viele erwachsene Männer in Konzentrationslager und schlugen das Inventar klein.

Ich selbst sah damals die Synagoge in der Lewetzowstrasse brennen, unweit der Wohnung meiner Tante und Onkel, Hilde und Hermann Holz aus Stuhm (Westpreussen), deren beide Söhne nach einer Ausbildung in Holland bereits in Palästina lebten. Meine Mutter hatte mir zwar verboten dorthin zu gehen, doch ich war neugierig und ging trotzdem. Ich kann mich weder an schadenfreudige noch an traurige Gesichter der Umstehenden erinnern. Es war Neugier und Gleichgültigkeit über die Brandstiftung des Gotteshauses. Heute steht dort ein beeindruckendes Denkmal.

Nach der „Reichskristallnacht" wurde den Juden eine Geldstrafe in Höhe von einer Milliarde Reichsmark auferlegt. Sie sollten für den entstandenen Schaden des angeblich plötzlichen Ausbruches von Volkszorn bezahlen! Der gesamte Schmuck musste (gegen Quittung!) abgeliefert werden. Diese eine Nacht bewirkte ein Umdenken unter uns Juden. Hatten wir vorher noch bei jedem neuen Gesetz gedacht, dass nun der Tiefpunkt erreicht sein musste und es sicher schon bald besser werden würde, wurde nun auch dem letzten der skeptischen Juden klar, dass es höchste Zeit war, unsere Heimat, Deutschland, zu verlassen. Doch sofort tauchte ein Problem auf, mit dem niemand gerechnet hatte: Die Welt verschloss sich den ausreisewilligen Juden! Die, ach so freiheitliche und fortschrittliche Schweiz erklärte: „Das Boot ist voll" und regte bei den deutschen Behörden an, die Pässe der Juden doch bitte zu kennzeichnen, damit kein Versehen entstehe - und irrtümlich ein Jude hineingelassen würde. Dies hatte zur Folge, dass in jeden Pass ein rotes „J" eingestempelt und somit ein zusätzlich Zeichen gesetzt wurde, da bereits zuvor alle männlichen Juden den Zusatznamen „Israel" und alle Frauen „Sara" zwangsweise führen mussten.

Aber nicht nur die Schweiz sperrte ihre Grenzen. Das grosse, demokratische Nordamerika hatte ein Quotensystem eingeführt und nur eine äusserst begrenzte Anzahl Juden eingelassen. England hatte die Grenzen des Mandatsgebietes Palästina ebenfalls für die Juden gesperrt und erlaubte nur sehr wenigen Menschen die Einwanderung. So blieben als Fluchtländer nur noch exotische Staaten übrig, von denen wir oftmals noch nie gehört hatten. Man nahm den Atlas zu Hilfe, um herauszufinden, wo sie lagen. Es gab Visen nach Schanghai, nach Paraguay, Bolivien... einige davon jedoch nur käuflich, durch Korruption des jeweiligen Botschaftsangehörigen, zu erwerben. Mancher Konsul wurde dabei reich. Diese „Nebenverdienste" rettet jedoch Menschenleben vor dem sicheren Tod.

Der bei uns lebenden Rabbi hatte Glück, wie man aus heutiger Perspektive zu sagen pflegt. Die Leiter des Rabbinerseminars versuchten ihn dazu zu bewegen, eine sich bietende Möglichkeit zu ergreifen, um in die Vereinigten Staaten zu gelangen. Der Rabbi fragte meine Mutter um Rat. Sie sagte ihm, dass sie zwar verstehe, wenn er seine Schüler nicht im Stich lassen wolle, doch sei er vermutlich dafür ausersehen, noch Hunderte von Rabbiner auszubilden und könne damit eine gottgewollte Aufgabe erfüllen. Diese Worte führten dann auch zur Änderung seiner bisher energischen Ablehnung, Deutschland „freiwillig" zu verlassen. Und in New York bildete er dann auch wirklich in den darauffolgenden Jahren noch Hunderte orthodoxe Rabbiner aus.

Kindertransport nach Schweden

Als die täglichen Wege zu den diversen Konsulaten immer beschwerlicher und aussichtsloser wurden, beschloss meine Mutter, mich zunächst alleine aus Deutschland zu retten. Sie schickte mich mit einem Kindertransport nach Schweden, wo ich in einem Heim in der Nähe von Falun auf meine Weiterwanderung nach Palästina - für uns Juden Erez Israel (Land Israel) - vorbereitet werden sollte. Ende Juli 1939 fuhr ich also von Berlin ab. Meine Cousine Edith, mein Vetter Hermann und meine Mutter begleiteten mich zum Bahnhof. Ich freute mich beinahe über die bevorstehende Reise.

Schliesslich war ich schon einige Male ein paar Wochen alleine im Urlaub gewesen, hatte Ulm und Gera kennengelernt und dachte nun, eben einige Zeit nach Schweden zu fahren. Zwar war ich wie jedes Kind traurig, mich von der Mutter zu verabschieden, die Tragweite dieses Abschiedes war mir aber überhaupt nicht bewusst. Ich zweifelte keine Sekunde daran, meine Familie bald und gesund wiederzusehen.

Wir Kinder fuhren in Begleitung eines Betreuers an die Ostsee zur Fähre, die uns nach Trelleborg brachte. Von dort ging es im Zug über Stockholm nach Helsinggarden, bei Falun in der Provinz Dalarna. Mein erster Eindruck von Schweden war überaus positiv. Die Schweden waren freundliche Menschen, vor denen wir keine Angst zu haben brauchten.

Niemand beschimpft uns als Juden oder grenzte uns wegen unserer Herkunft oder Abstammung aus. Bei der Ankunft auf dem Bahnhof von Stockholm wurden wir angewiesen, unser Gepäck einfach auf dem Bahnsteig abzustellen, bis wir den Zug nach Falun nehmen würden. Inzwischen sollten wir etwas essen gehen. Unser verwunderter Blick veranlasste den Reiseführer zur Mitteilung, dass es in Schweden keine Diebstähle gebe und die Häuser unverschlossen blieben. Auch die in den Waggons angebrachten Verbotsschilder mit dem für uns bedrohlichen Wort „verbjuden" wurden mit dem Hinweis entschärft, wonach die Übersetzung schlicht „verboten" heisse und nichts mit unserer Religion zu tun habe. Das Trauma sass eben tief! Nunmehr begann für mich, dem verwöhnten, wohlbehüteten Kind schlagartig der „Ernst des Lebens". Wir waren sechzig Jugendliche in dem Heim und ich gehörte mit meinen vierzehn Jahren zu den jüngsten und kleinsten. Die ältesten waren etwa achtzehn Jahre alt. Wir teilten uns in zwei etwa gleichstarke Gruppen auf: den linksgerichteten Habonim - zu der ich gehörte - mit dem Gruppenleiter Uri Rothschild, sowie den rechtsgerichteten Betar. Die Heimleitung lag in Händen des Ehepaars Marx.

Wir wohnten alle zusammen in einem grossen, herrschaftlichen Haus an einem Hügelabhang. Darunter verlief eine Bahnlinie, hinter der sich etwas Ackerland befand. Überquerte man dann noch die Landstrasse, stand man direkt an einem wunderschönen See mit mehreren Inseln und Bäumen. Im Sommer konnte man im See baden und im Winter

Schlittschuh laufen. Die Schweden badeten hier übrigens nackt und zogen sich auch am Ufer nicht an - was für uns, die wir nur die prüden deutschen Zustände kannten, einfach unfassbar war!

Unser Leben im Heim war deutlich weniger offen: Uns wurden direkt nach unserer Ankunft die Stockbetten in den grossen Schlafräumen zugeteilt, danach lernten wir den Stundenplan kennen: Wecken, Frühsport, Waschen, Frühstück, Arbeiten, Mittagessen, kurze Pause, wieder Arbeit, Abendbrot, gemeinsame Veranstaltungen oder Unterricht z.B. Hebräisch, Schlafen gehen, Licht ausmachen und Ruhe. Jede Einheit dieses Tagesablaufes wurde durch einen Gongschlag eingeleitet. Wer dann zum Beispiel mit dem Frühstück noch nicht fertig war, hatte eben Pech gehabt und startete hungrig in den Tag.

Da es sich um ein altes Haus handelte, gab es nur eine einzige, winzige Toilette: ein Holzsessel, unter dem ein Eimer stand. Diese Toilette stellte allerdings das Luxusmodell an sanitärem Komfort da und durfte ausschliesslich vom Heimleiter und den Leitern unserer Gruppen benutzt werden. Für uns Kinder war in etwa 100 Meter Entfernung vom Haus eine Holzhütte mit einer langen Holzbank gebaut worden. Unter den Sitzen befanden sich etwa ein Meter hohe Eisentonnen, die von der Rückseite des Häuschens eingeschoben wurden und, wenn gefüllt, herausgezogen und zu einer 200 Meter weiter angelegten Grube geschafft werden mussten. Das war die erste Aufgabe, die mir im Heim zugeteilt wurde! Da wir unser Heim selbst organisieren mussten, gab es noch viele andere Arbeiten, zum Beispiel Küchendienst, Baumstämme für Herd und Öfen zersägen und zerhacken, allgemeine Hausarbeiten und Gartenarbeit (Gemüsebeete).

Schöner, aber auch anstrengender waren für uns die Arbeiten auf den Bauernhöfen und Hühnerfarmen der Umgebung. Die Bauern waren immer sehr freundlich und behandelten uns wie eigene Kinder. Ich bewundere bis heute ihre Geduld und Höflichkeit, mit der sie meine schwedischen Sprachversuche unterstützten, so dass ich schliesslich schon nach wenigen Monaten fliessend Schwedisch sprach. Besonders wertvoll war für uns Kinder, dass wir bei den Bauern wunderbares Essen erhielten, das die Eintönigkeit der Heimkost unterbrach. Den offiziellen Lohn für unsere Arbeit mussten wir jedoch im Heim abliefern. Als dies den Bauern bekannt wurde, gaben uns die meisten von ihnen ein paar zusätzliche Kronen in die Hand, die wir rasch in Kaugummi und sonstige Süssigkeiten umsetzten.

Beeindruckt hat mich damals neben der Freundlichkeit dieser Menschen auch, dass jeder noch so abgelegener Bauernhof ein Radiogerät sowie eine reich bestückte Bibliothek besass und bei einer Tageszeitung abonniert waren. Es war Bauer Johansson, der mich gleich am 1. September 1939 bei der Feldarbeit informierte, dass der Krieg ausgebrochen war. Danach wurde der Kontakt zur in Deutschland gebliebenen Familie für uns schwerer. Die Briefe aus der Heimat kamen sehr verspätet und von der deutschen Zensur kontrolliert an.

Wir erfuhren von „daheim", dass man immer öfter in die Luftschutzkeller ging, dass Lebensmittel immer knapper wurden und welche Anstrengungen die Familien unternehmen mussten, um ihre Auswanderung voranzutreiben. Diese Nachrichten bekam ich auch von meiner Mutter, die mir sogar kleine Päckchen schickte, in denen immer auch Schokolade und ein selbstgebackener Kuchen war. Eigentlich mussten wir im Heim immer alles teilen, es gab keine privaten Geschenke oder Besitz. Entgegen des Reglements versteckte ich jedoch meinen Schatz, bis ich eines Tages erwischt und vor versammelter Gruppe dafür heftig zur Rede gestellt wurde. Ein besonderes Unrechtsbewusstsein hatte ich dennoch nicht!

Dann kam der Brief, in dem meine Mutter mir mitteilte, über die Flüsterpropaganda erfahren zu haben, dass der bolivianische Konsul in Hamburg für gutes Geld Visen verkaufe. Sie war dort und hatte zwei Visen ergattern können, für 1.000 US-Dollar pro Person. Das war damals ein Vermögen, aber mitnehmen konnte meine Mutter ja ohnehin nichts. Schliesslich gab es die berüchtigte Reichsfluchtsteuer. Ob jemand eine Million Mark oder nur 11 Mark 50 hatte, war damals egal, denn beide durften nur mit 10 Reichsmark in der Tasche ausreisen. Zudem war der größte Teil des Geldes meiner Mutter sowieso schon auf einem Sperrkonto. Diese Regelung sollte verhindern, dass sie es ihren Verwandte schenken konnte. Meine Mutter durfte also von ihrem eigenen Geld monatlich nur einen beschränkten Betrag abheben.

Damit war meine Zukunft in dem Heim beendet, schliesslich brauchte ich mich nun nicht mehr auf Erez Israel vorzubereiten, sondern würde nach Bolivien fahren. Das erste was ich tat war, mir einen Atlas zu besorgen und dort nachzuschauen, wo Bolivien überhaupt liegt. Ich ordnete es als nahe dem Äquator liegend ein und freute mich schon auf ein warmes Klima, ohne zu ahnen, dass es in den Anden im Herbst und Winter sehr kalt zu werden pflegt. Ich war mehr als froh, dem strikten System entkommen zu können! Ausserdem hatte ich gerade meinen ersten nordischen Winter hinter mich gebracht, den wir wegen Malerarbeiten zu allem Überfluss noch in einem Nebenhaus hatten verbringen müssen. Dort gab es keine Heizung, die Temperaturen sanken auf 40 Grad minus! Wir krochen abends mit allen warmen Kleidungsstücken, die wir hatten, in die Betten. Frühmorgens, und das war das Schlimmste, mussten wir zum gewohnten Frühsport antreten. Nachts war sogar die Wasserleitung eingefroren, so dass wir erst Schnee sammeln mussten, um das Frühstück zu bereiten! Meine Heimarbeit war in dem Winter das Zersägen des Holzes. Ein Paar Wollhandschuhen und darüber Skifäustler konnten aber nicht verhindern, dass trotz aller Bewegung unsere Hände nach wenigen Minuten klamm vor Kälte waren und wir uns regelmässig an die Eisenöfen im Haus stellen mussten, um die tauben Finger aufzutauen.

Ausserdem hatten wir im Winter ein Problem mit dem Toilettengang, der uns bei dieser beissenden Kälte viel zu lang und mühselig vorkam. So trafen wir eine

Übereinkunft zwischen Jungen und Mädchen: Die Jungen würden links, die Mädchen rechts neben der Hauswand - um die Ecke des Eingangs - ihre Notdurft verrichten. Während des Winters funktionierte diese Abmachung auch sehr gut. Dann jedoch kam der Frühling und der sofort eingefrorene Urin begann zu schmelzen. Der unerträglich Gestank - und die Heimleitung! - zwangen uns, mit Picke und Schaufel die über den Winter gewachsenen Berge abzutragen und mit Schubkarren in die vorgesehen Grube zu fahren. Ganze drei Trage waren wir damit beschäftigt!

Wenn ich heute andere Emigranten über die damalige Zeit sprechen höre, wundere ich mich, dass einige die damalige Zeit offenbar als ein Schicksal erlebt haben. Ich habe mir zwar auch gelegentlich überlegt, dass sich meine Eltern wohl etwas anderes für mich gedacht hatten, wenn ich zum Beispiel gerade beim Kuhstall ausmisten war. Es war ja nicht unbedingt ihre Idealvorstellung, ich im Kuhstall! Aber die Dinge waren nun mal so. Genauso wie vorher in Deutschland auch, wo man sich als Jude nicht mehr auf die Parkbank setzen durfte, nicht ins Kino gehen, wo man leise sprach, um nicht aufzufallen und so weiter. Ich habe mir damals keine größeren Gedanken gemacht, dass ich von irgendeinem Schicksal getroffen wurde und habe mich auch in Schweden schnell mit allem arrangiert.

Wir hörten zwar Radio, lasen auch mal Zeitung und erfuhren so von den Siegen der Nazis, aber man machte sich absichtlich die Situation nicht bewußt. Die Deutschen marschierten in Dänemark und in

Norwegen ein, und ich sass hier in Schweden, direkt daneben. Man wusste auch nicht, wie lange Schweden noch neutral bleiben würde. Eigentlich schien es nur eine Frage der Zeit, wann die Deutschen auch Schweden einnehmen würden, so wie sie Holland und Belgien überrannt hatten. Aber es hätte nichts geholfen, darüber nachzudenken, da wir sowieso nichts hätten ändern können. Wir waren eher schicksalsergeben.

Also konzentrierte ich mich auf die lösbaren und naheliegenden Aspekte des Lebens. Inzwischen hatte sich eine jüdische Institution in Stockholm damit befasst, bis zum Treffen mit meiner Mutter einen Platz für mich in einem anderen, nicht für die Auswanderung nach Palästina vorbereitenden Heim zu beschaffen. Die Wahl fiel auf Uppsala, etwa eine Stunde nördlich von Stockholm gelegen.

Im Heim waren wir nur zehn Jungen und diesmal war ich zum Glück nicht der Jüngste. Ich ging in die Volksschule, wo wir auch Unterricht als Tischler, Mechaniker, Metallverarbeiter und Schuhmacher erhielten. Meinen dortigen Klassenlehrer habe ich in allerbester Erinnerung: ein liebenswerter, freundlicher Herr. Meine Schulkameraden, die alle Kinder von alteingesessenen Schweden waren, behandelten mich wie ihresgleichen. Im Heim erhielten wir von einem schwedischen Studenten, der Mario hiess, zusätzlichen Unterricht. Das Heim leitete eine ältere Dame, die wir Tante Sophie riefen. Es gab gutes und schmackhaftes Essen, wir trieben Sport - allerdings nicht frühmorgens! -, wobei mir besonders Skifahren und Eishockey gefielen. Eishockey spielte ich auch mit Erfolg in der Klassenmannschaft.

Ein schmerzliches Erlebnis gab es allerdings auch in Uppsala: Gewohnt, gegen die Grösseren im Heim in Helsinggarden beim Holzhacken mitzuhalten, hatte ich den Ehrgeiz, auch in Uppsala der Beste zu sein. Es kam schliesslich zum Wetthacken mit dem bisher unangefochten Champion. Beide erhielten wir gleich grosse Stapel, doch in meinem war viel mehr vom härteren Birkenholz als vom weicheren Kieferholz angehäuft worden. Ich liess einige Hölzer austauschen und dann startete der Wettkampf. Mit einer Hand wurde der Holzscheit auf den Baumstamm gelegt und mit der anderen die Axt geschwungen. Ich merkte nach einigen Stücken Birke nicht, dass ich ein Stück Kiefer gegriffen hatte und schlug mit der gleichen Kraft zu. Die Axt schnellte wieder hoch, kam mit gleicher Geschwindigkeit herunter, durchschlug den dicken Schuh und blieb in meinem rechten Fuss stecken! Man brachte mich eiligst ins Krankenhaus, wo ich mehrmals genäht wurde und dann eine Woche im Bett lag. So endete der Wettstreit unentschieden!

Von diesem einen Erlebnis abgesehen, war meine Zeit in Uppsala wunderschön: Die Leute waren freundlich, das Heim klein und die Stadt schön. Ausserdem hatte ich mir im Herbst auch etwas Taschengeld verdienen können, indem ich im Garten der Universität Uppsala das Experimentierfeld für die damals praktisch unbekannten Sojabohnen betreute. Ich hatte also Geld, konnte zur Schule gehen anstatt zu arbeiten und war mit wenigen, netten Kindern im Heim - was wollte ich mehr!

Beginn der Reise um die Welt

Dann erreichte mich der Brief meiner Mutter, in dem sie mir das Datum unserer Einschiffung in Genua Richtung Chile und von dort nach Bolivien mitteilte. Die Heimleitung schickte meine deutsche Kennkarte und den Kinderausweis zur deutschen Botschaft in Stockholm, wo mir ein Reisepass ausgestellt werden sollte, in dem alle nötigen Transitvisen - und natürlich das Visum für Bolivien - eingetragen werden mussten. Da der Kinderausweis (auch mit dem berüchtigen roten J) zwar Namen, Geburtstag, Grösse, Augenfarbe und Berufsbezeichnung „Schüler", jedoch nicht den Geburtsort enthielt, gab die deutsche Botschaft in Stockholm schlicht den Ausstellungsort der Kennkarte, also Berlin, als Geburtsort im Pass an. Seither weisen alle meine offiziellen Papiere (deutsche, bolivianische und argentinische) als Geburtsort Berlin aus - wogegen ich auch nichts einzuwenden habe. Denn jeweils zu erklären, dass ich in dem heute zu Russland gehörenden Teil Ostpreussens geboren bin, wäre ein zu grosser Aufwand gewesen. In den damaligen Zeiten erschien es auch völlig sinnlos, bei den sowjetischen Behörden eine Geburtsurkunde anzufordern und schliesslich gedachte ich ohnehin nie wieder, etwas mit Deutschland zu tun zu haben. So wurde ich eben „gelernter" Berliner, wie Abertausende in dieser schönen Stadt.

Nun sollte die Reise also losgehen, ab Stockholm nach Finnland, weiter durch die Sowjetunion Richtung Türkei und von dort aus nach Italien, da das Schiff in Genua ablegte. Mein Vetter Jack Finley, vormals Jakob Finkelstein, aus New York hatte einen erheblichen Teil der Reisekosten aufgebracht, die Papiere hatte ich beisammen, nichts schien mehr gegen eine Abreise zu sprechen. Die Koffer waren gepackt, als wenige Tage vor meiner geplanten Ausreise der russisch-finnische Krieg ausbrach. Ich sass plötzlich in der Falle, denn durch Deutschland durfte ich nicht mehr fahren, weil bereits Ausgewanderten die Wiedereinreise verboten war. Norwegen und Dänemark waren inzwischen auch von den deutschen Truppen besetzt worden und nur Schweden blieb eine neutrale Insel im Norden Europas.

Meine Mutter hatte Angst, dass ihre befristeten Visen und Papiere verfallen würden und sie Europa nicht mehr verlassen könnte. Schweren Herzens, doch mich in relativer Sicherheit wissend, fuhr sie ohne mich ab. Die Postverbindung zwischen uns dauerte immer länger, zumal die Briefe nun nicht mehr nur von den Deutschen, sondern auch von den Briten zensiert wurden. Praktisch war ich immer erst die dritte Person, die ihre an mich gerichteten Briefe zu lesen bekam!

Als die Russen merkten, Finnland nicht besiegen zu können, wurde ein Friedensabkommen geschlossen, wobei ein Grossteil Kareliens von den Sowjets geschluckt wurde. Meine Schiffspassage war inzwischen natürlich verfallen, genauso wie die

Transitvisa. Nunmehr eröffnete sich mir eine neue, wenn auch deutlich längere Reiseroute: Ich plante, über Finnland und die Sowjetunion bis nach Sibirien zu fahren, dort ein Schiff nach Japan zu nehmen und dann mit einem Frachtdampfer die amerikanische Küste entlang nach Chile fahren, um schliesslich nach Bolivien zu gelangen. Der Dampfer fuhr die Strecke über Hawaii nach San Francisco und dann die ganze Westküste herunter bis Arica. Insgesamt würde die Reise vier Monate dauern. Zum Glück half auch in dieser Situation mein Vetter Jack und bezahlte die Reise im voraus.

Mitte März 1941 machte ich mich von Stockholm mit der Fähre nach Abo und Helsinki auf den Weg. Dort angekommen, wurden wir „Pauschalreisende" in die Hotels eingeteilt. Ich kam mit einem älteren, deutsch sprechenden Herren in das damals vermutlich vornehmste Hotel der Stadt. Es war bereits gegen Abend, als wir beschlossen, in den Speisesaal zu gehen, wo man als erstes nach den Rationierungskarten fragte, die man uns bei der Ankunft ausgehändigt hatte. Diese Kupons waren für drei Tage mit jeweils drei Essen ausgestellt worden. Kurze Zeit später kam der Kellner mit einem Wägelchen an unseren Tisch, auf dem mehrere silberglänzende Schalen standen. Wir sahen uns gegenseitig an und meinten, so ein vielversprechendes Festmal würden wir wohl kaum schaffen. Irrtum: Unter der Haube der ersten Schale befanden sich drei kleine Kartoffeln; unter der nächsten Haube kamen zwei kleine Mohrrüben hervor, eine weitere Schüssel enthielt einen winzigen

Fisch in der Grössenordnung einer Sardine und dann gab es - sehr reichlich - eine Menge Saucen, Senf und Meerrettich. Eine Art Kaffe beschloss das wenig sättigende Menü.

So erlebte ich zum ersten Mal eine richtige Mangelwirtschaft.

Am kommenden Tag besichtigten wir die finnische Hauptstadt, deren attraktivstes Gebäude der damals recht neue Bahnhof war. Danach gingen wir in das Sportgeschäft des wohl berühmtesten Sportlers Finnlands, des Langstreckenrekordlers und Marathonsiegers Paavo Nurmi - einer lebenden Legende. Viel mehr gab es damals für uns in Helsinki nicht zu sehen, zumal wir weiter, zur sowjetischen Grenze, mussten. Hier bewahrheiteten sich die Warnungen, wonach alles, aber auch wirklich alles, genauestens kontrolliert werde. Mir war empfohlen worden, Toilettenpapier mitzunehmen, was sich später auch als guter Rat erwies! An der Grenze wurde jedoch die Rolle zunächst einmal abgewickelt, um zu überprüfen, ob nicht doch geheime Mitteilungen aufgezeichnet worden seien. Dass die Grenzer in meinem Toilettenpapier stöberten, fand ich in erster Linie albern, dass sie dann jedoch auch meine Reiselektüre versiegelten und erst bei der Ausreise wieder aushändigten, ärgerte mich sehr. Denn schliesslich würde ich so die nächsten Tage in der Bahn nichts anderes machen können, als die ewige, schneebedeckte Landschaft am Fenster vorbeiziehen zu sehen.

Mit meinem von einem grossen Hakenkreuz

„gezierten" Pass auf dem Deckel hatte ich in der Sowjetunion kein Problem. Zu jenem Zeitpunkt waren ja Hitler und Stalin durch den berüchtigten, von Ribbentrop und Molotow unterzeichneten Pakt, Verbündete. Ich galt hier also als Deutscher und somit als Freund der UdSSR.

Was uns bei der Ankunft aus dem Hunger leidenden Finnland besonders auffiel, waren die Unmengen von Fleisch- und Wurstwaren, jede Menge Lebensmittel und Dinge des täglichen Gebrauchs, die am Grenzposten angeboten wurden.

Alles war jedoch nur den Touristen vorbehalten, da man uns beeindrucken wollte, was den Sowjets anfangs durchaus auch gelang.

Wir wurden erneut in Reisegruppen eingeteilt und jede dieser Gruppen erhielt einen Begleiter, der, wie sich später herausstellte, eine Art Politkommissar war. Er hatte auf uns aufzupassen, uns zu kontrollieren und, soweit möglich, zu indoktrinieren. Der unserer Gruppe zugeteilte Reisebegleiter war ein sympathischer junger Herr, namens Boris, der mindestens acht Sprachen beherrschte, darunter auch Jiddisch. Ich erkannte ihn deshalb sogleich als einen Glaubensbruder, auch wenn ihm das bestimmt nicht gelegen war! Meine Gruppe bestand aus sieben Personen. Ausser mir reisten ein Student aus Wien und ein Rechtsanwalt aus Prag mit. Auffällig war ein britischer diplomatischer Kurier, der immer eine Aktenmappe bei sich führte, die er mit einer Kette an seinem Handgelenk gesichert hatte. Die übrigen drei waren norwegische Matrosen, deren Schiff bei Narwik von den Deutschen versenkt worden war. Sie befanden sich auf dem Weg nach Kanada, wo sie sich den „Freien Norwegern" anschliesen wollten.

Der Zug brachte uns nach Leningrad. Wir wurden in ein sehr altes und sehr gutes Hotel gebracht, wo es zu unserer Erleichterung ein überaus reichliches Essen gab. Am nächsten Tag machten wir eine Stadtrundfahrt, in deren Verlauf wir Museen, die alte Kathedrale und die ehemalige vom Schloss zu einem Museum umgewandelte Eremitage besichtigten. Ich war von der Stadt und ihrer Schönheit fasziniert, nur die eisige Kälte machte den Aufenthalt auf den Strassen nicht sehr attraktiv, so dass wir uns in der Freizeit im Hotel aufhielten.

Wenige Tage später fuhren wir weiter nach Moskau. Im Metropol, dem Hotel, das wir bewohnten, lernte ich erstmals die sowjetische Art der Hotelüberwachung richtig kennen: Die Zimmer waren nicht verschlossen, doch an den Ecken der langen Gänge sassen Aufsichtspersonen, meistens Frauen, die strikt kontrollierten, wer welches Zimmer betrat und wieder verliess. Ich glaube nicht, dass sich jemand unter diesen gestrengen Augen traute, irgendwie auffällig zu werden! In Moskau ging diese Emigration in der Touristenklasse weiter: Wir unternahmen eine Stadtrundfahrt, besuchten eine Ballett-Aufführung im Bolschoi-Theater und wurden in die herrliche U-Bahn geführt, deren einzelne Stationen wahre Paläste waren - und es bis heute noch sind.

Am zweiten Tag meines Aufenthaltes in Moskau sandte ich ein Telegramm an meine Mutter nach

Bolivien. Ich wollte ihr zum Geburtstag gratulieren, den sie am 24. März feierte. Das Telegramm, das ich im Hotel aufgab, wollte ich natürlich mit meinem Vornamen unterzeichnen. Das allerdings war in der UdSSR verboten, wie mich die Dame am Schalter belehrte. Hier müsse mit dem Nachnamen unterschrieben werden. Meine Mutter erzählte mir später, dass sie das Telegramm auch pünktlich erhalten habe. Anfangs freute sie sich jedoch überhaupt nicht, sondern war nur erstaunt. Denn als sie „Finkelstein" las, dachte sie natürlich nicht an ihren 15jährigen Sohn, sondern an einen meiner Vetter, der auch in La Paz wohnte. Warum nur, fragte sie sich, ist er nicht die paar hundert Meter gelaufen und hat mir mündlich gratuliert? Dann las sie jedoch, „aufgegeben in Moskau", und erfuhr auf diese Art, dass ich die Reise zu ihr angetreten hatte.

Am folgenden Tag sprach mich dann ein älterer Herr in der Hotelhalle auf Jiddisch an. Da Jiddisch und Deutsch sich sehr ähnlich sind, verstand ich, dass er fragte, ob ich nicht Kleidung zu verkaufen hätte. Ich überlegte nicht lange: Hinter mir lagen bereits die schwedisch-finnische und die finnisch-russische Grenze. Ich hatte die Kontrollen schon zu genüge kennengelernt und dachte an die vielen noch folgenden Grenzen. Also überlegte ich, dass es doch sehr bequem wäre, mit leichtem Gepäck zu reisen, zumal ich bei meinem erwähnten Blick auf den Atlas, Bolivien in der Nähe des Äquators hatte liegen sehen und somit dachte, es sei warm dort. Wozu also all die dicken Pullover mitnehmen? (Der Atlas hatte nichts von den 3.600 Höhenmetern der Stadt La Paz gesagt...). Ich verständigte mich also mit dem Mann, ging auf mein Zimmer, packte einen meiner zwei Koffer mit Wollsachen und anderer Wäsche und brachte ihn hinunter. Er warf einen kurzen Blick in den Koffer und holte aus seiner Tasche ein Bündel Rubelscheine, ohne dass wir zuvor über einen Preis gesprochen hatten. Ich war zutiefst von der Menge und den darauf gedruckten Beträgen beeindruckt, steckte das Geldbündel ohne zu zählen ein und wir verabschiedeten uns herzlich.

Beim Abendessen prahlte ich mit meinem grossartigen Geschäftsabschluss, bis der Engländer leise einwarf, Rubel seien im Ausland nicht konvertierbar. Ich wusste nicht einmal, was das Wort „konvertierbar" hiess und wurde also aufgeklärt, dass sowjetisches Geld ausserhalb der UdSSR keinen Wert hatte! Mein belämmertes Gesicht erweichte das Herz meiner Mitreisenden und nun wurde beraten, was ich anstellen könnte, um den Verlust in Grenzen zu halten. Da hatte der Prager Anwalt eine Idee, die auch von allen übrigen Tischnachbarn geteilt wurde: „Morgen gehst du mit dem Geld zur Post und kaufst dir Briefmarken". Da ich bereits in Deutschland Briefmarken sammelte, wie übrigens die meisten Schulkinder in jenen Tagen, gefiel mir der Vorschlag sofort. Am nächsten Tag stand ich am Schalter der Hauptpost und blätterte der Kassiererin das Bündel Rubel vor ihr Fensterchen. Irgendwie schaffte ich es, ihr klar zu machen, dass ich für den ganzen Betrag Sonderpostwertzeichen kaufen wollte. Sie reichte mir einen Stapel ganzer Markenbögen, wobei sie mir erklärte, dass es komplette Sätze seien, was für Sammler sehr wichtig ist. Jetzt war mir wieder wohler und meine Reisegenossen bestaunten zu meinem Stolz den Schatz in meinen Händen!

In Moskau erlernte ich auch die praktische Bedeutung der Lenin-Worte „Vertrauen ist gut, Kontrolle ist besser": Als ich an einem der Tage das Hotel verlassen wollte, fragte mich mein Betreuer, wohin ich zu gehen gedenke. Ich antwortete flott, „zum Roten Platz". Das klang in seinen Ohren gut, ich durfte gehen. Allerdings stellte sich heraus, dass der von mir geplante Spaziergang in der winterlichen Stadt doch nicht so einfach zu bewerkstelligen war: Nachdem ich eine Weile in die angegebene Richtung gegangen war, bog ich in eine Nebenstrasse mit schönen Häusern ein. Nach knapp 20 Meter klopfte mir jedoch ein Mann mit langem Ledermantel auf die Schulter und sagte in sehr gebrochenem Deutsch: „Nicht dort, hier gehen zu Roter Platz" und zeigte auf die eben von mir verlassene Strasse. Ich verzichtete lieber auf Diskussionen und sah mit also an diesem Nachmittag den Roten Platz noch einmal genau an!

Mit dem Transsibirienexpress quer durch die UdSSR

Dann galt es von Moskau Abschied nehmen. Unsere Gruppe bestieg den Transsibirien-Express, der uns ins ferne Wladiwostok bringen sollte. Die Vorstellung einer achttägigen Reise in einem winzigen Zugabteil hatte zunächst nichts furchterregendes. Erst nach zwei, drei Tagen merkt man, wie langweilig eine derartige Fahrt sein kann! Aus dem Abteilfenster sah man lediglich eine völlig von Schnee bedeckte Landschaft, die langsam vorbeizog. Nur einige kahle Bäume, gelegentliche Berge und wenige, vereisten Seen unterbrachen die Monotonie. Mehrmals hielt der Zug unterwegs und wir sahen arme Bäuerinnen, die den in anderen Waggons mitreisenden Russen etwas Milch und Brot verkauften. Alles machte einen tristen und deprimierenden Eindruck. Hinzu kam die eisige Kälte Sibiriens, die uns hinderte, den überheizten Zug bei diesen kurzen Stops zu verlassen.

Wir waren in Viererabteilen untergebracht, wo es vier Schlafstellen gab. Die Matratzen der oben gelegenen Betten wurden tagsüber auf die der unteren gelegt, so dass wir sehr weich aber dennoch etwas unbequem sassen. Und vor allem eben den ganzen Tag über sassen - an Bewegung war kaum zu denken! An jedem Ende der Waggons gab es einen Samowar, der Tag und Nacht heissen, gut schmecken Tee spendete. Viele Stunden des Tages verbrachten wir im Speisewagen. Dort herrschte im krassen Gegensatz zu dem was wir draussen sahen, der Überfluss: Bereits zum Frühstück gab es eine sehr grosse Schale mit Kaviar - wir konnten zwischen schwarzem und rosa wählen - und hatten ausserdem eine grosse Auswahl an Wurstwaren und verschiedenen Käsesorten. Wahrscheinlich habe ich in meinem ganzen Leben nicht soviel Kaviar gegessen, wie in den Tagen dieser Fahrt!

Ausser essen blieb uns nur noch reden. Wir versuchten, die Gespräche in unser ungleichen Gruppe so lange wie möglich auszudehnen, um die Zeit bis zum Mittag- und dann zum Abendessen irgendwie totzuschlagen. Immer war unser Begleiter Boris zugegen, der alle Gespräche mit grossem Interesse belauschte und versuchte, uns für die Errungenschaften der Sowjetunion zu begeistern. Er hatte jedoch keinen grossen Erfolg bei seinen Bemühungen, da wir eine andere Realität als die geschilderte mit eigenen Augen sehen konnten. Der britische Diplomat war mit seinen Ausführungen eher zurückhaltend, flocht jedoch im Gespräch mit Boris ein paar Feststellungen ein, die dessen Argumente regelrecht zerpflückten. Wir anderen, die keinen diplomatischen Status besassen, traten leiser auf und versuchten nicht den Zorn dieses Funktionärs auf uns zu ziehen.

Im Zug gab es immer Wodka, so dass ich meine erste Begegnung mit Hochprozentigem hatte! Der Alkohol lockerte auch die Norweger im Nachbarabteil etwas auf. Wenn wir ihre Matrosenlieder hörten, gingen wir immer herüber und freuten uns über die

Zerstreuung. Richtig mithalten konnte ich beim Wodka nicht, hatte jedoch meinen Spass mit den Norwegern. Ich sang ihnen auch einige schwedische Volkslieder vor, die ich in ihrem Nachbarland gelernt hatte und deren Texte sie verstanden.

Kirsch- und Aprikosenblüte in Japan

Zum Glück hatte aber auch diese Reise, die mir wie eine Ewigkeit vorgekommen war, ein Ende. Wir kamen am Abend des neunten Tages in Wladiwostok an, das damals eine der bedeutendsten Marinestützpunkte war. Hier bekamen wir auch unsere „Reiselektüre" zurück und verabschiedeten uns von Boris. In einem Omnibus mit verdunkelten Fenstern wurden wir zum Hafen an das Schiff gefahren, das uns in zwei Tagen und zwei Nächten zum japanischen Hafen Tsuruga bringen sollte. An Bord dieses umgerüsteten Frachters befanden sich Hunderte von russischen und polnischen Juden, die auf Strohmatten lagen, die man in die Laderäume gelegt hatte. Auch sie waren auf der Flucht. Es war jedoch unten derart stickig und eng, dass unsere Reisegruppe praktisch die ganze Zeit auf dem bitterkalten Deck verbrachte, da es auch für Geld keine Kabinen gab. Wir begannen mit Wehmut an das üppige Essen und unsere Abteile im Zug zurück zu denken!

In Japan trafen wir Anfang April ein, es war dort

Frühling und die Pfirsisch- und Kirschbäume standen in Blüte – ein wunderschöner Anblick! Wir verabschiedeten uns voneinander, jetzt würden sich unsere Wege trennen. Ich selbst besorgte mir einen Fahrschein nach Kobe, meinem nächsten Zielort. Die Fahrt dauerte nur wenige Stunden. Während der ganzen Zeit bewunderte ich die Kirsch- und Pfirsichbäume. In Kobe angekommen ging ich sofort zu einer jüdischen Hilfsorganisation, wo ich bereits angemeldet war. Diese Organisation hatte ein Zimmer für mich besorgt. Ich wohnte in der Pension einer aus der Tschechoslowakei stammenden Familie. Das Zimmer war freundlich, das Essen war sehr gut.

Eines Tages wollte ich aber der Abwechslung halber mal anderswo essen gehen und begab mich zum Deutschen Klub. Kaum hatte ich die Eingangstür hinter mir geschlossen, als ich einem riesigen Hitlerbild gegenüberstand. Ich verliess das Lokal schneller, als ich es betreten hatte! Ein anderer Versuch, diesmal die japanische Küche zu probieren, endete mit einem nur geringen Verzehr der Speisen, die nicht meinen Geschmacksnerven entsprachen. Noch heute schüttelt es mich beim blossen Gedanken an rohen Fisch! In Japan selbst hatte ich keine Probleme mit meinem Pass. Das „J" stand auf der Innenseite und draussen prangte das Hakenkreuz. Jeder Japaner freute sich also über einen getreuen Verbündeten aus Deutschland!

Inzwischen hatte ich mich nach einem Käufer für die in Moskau erstandenen Briefmarken umgesehen und konnte sie auch, sogar mit einem kleinen Gewinn verkaufen. Es wiederholte sich alles wie in Moskau:

Als ich stolz von meinem Handel erzählte, erfuhr ich - wieder zu spät, dass auch der Yen nicht konvertierbar sei. Ich beschloss also, das ganze Geld in Zuchtperlen, seidene Kimonos, Pyjamas und Oberhemden anzulegen. Jetzt hatte ich zwar wieder mehr Gepäck, hoffte aber auf diesem Weg nicht zu viel Geld zu verlieren. Ich blieb noch einige Tage in Kobe und ging dort sogar in ein Kino, wo ein japanischer Film lief. Ich verstand wirklich gar nichts und wunderte mich nur, worüber die Leute eigentlich lachten!

Dann legte mein Schiff endlich ab. Es war die „Ginyu Maru" (Silberozean Schiff), die mit Zement und anderen Baumaterialien beladen war. Ausser mir, dem einzigen Deutschen, befand sich eine aus Schanghai kommenden Gruppe Chinesen und noch einige anderen Reisende an Bord. Wir fuhren los in Richtung Yokohama. Unterwegs kamen wir an dem für die Japaner heiligen Berg Fujiyama vorbei. Eine Legende besagt, wer ihn einmal gesehen hat, kehrt wieder dorthin. Bisher hat sich dies für mich jedoch noch nicht erfüllt! In Yokohama lagen wir zwei Tage im Hafen, da weitere Ladung aufgenommen wurde. Auf dem Hafengelände sah ich zum ersten Mal ein Baseballspiel zwischen einer japanischen und einer nordamerikanischen Schiffsbesatzung. Ein Schauspiel, das es in Deutschland zu diesem Zeitpunkt sicher noch nicht gab! Die zwei Tage Reiseunterbrechung reichten mir auch für einen Kurzbesuch in Tokio. Ich fuhr mit der Bahn in die Hauptstadt, wo ich in Bahnhofsnähe ein kleines Hotel fand. Ich bat einen Angestellten, mir die Adresse auf Japanisch aufzuschreiben, da ich festgestellt hatte, dass damals nur wenige Menschen Englisch sprachen. Zudem luden die Strassen Tokios regelrecht dazu ein, sich zu verlaufen! Es gab ja auch nicht die heute üblichen Leuchtreklamen und die diversen Auto- und Elektronikmarken in lateinischer Schrift, so dass eine Orientierung für mich fast unmöglich war. Nachdem ich stundenlang durch die Strassen gestreift war, zeigte ich einem Rikschafahrer die Karte vom Hotel und kam wohlbehalten und auf billigem Wege dorthin zurück. Taxis waren damals schliesslich noch sehr teure Luxusfahrzeuge.

Mit dem Frachter nach Amerika

Zurück in Yokohama traf ich an Bord neue Bekannte: Ein japanisches Malerehepaar und ein in Japan lebendes britisches Ehepaar. Die Briten hatten einen Sohn, der nur wenige Jahre älter war als ich, in Japan geboren war und die Sprache perfekt beherrschte. Das beeindruckte mich ausserordentlich! Wir schlossen rasch Freundschaft und er erzählte mir viel über Land und Leute, Sitten und Gebräuche. Durch ihn befreundete ich mich auch mit einem der Offiziere, der zum Glück Englisch sprach, so dass wir uns während der dreimonatigen Reise viel unterhielten.

Ganz besonders freundete ich mich jedoch mit einer kleinen Gruppe chinesischer Studenten an. Sie brachten mir bei, mit Stäbchen zu essen, wie man die Reisschale zum Mund führt und was eine gute chinesische Küche ausmacht. Als die Chinesen später in Mexiko ausstiegen, hatte ich bereits mindestens 50 Worte ihrer Sprache gelernt.

Das Essen an Bord für uns Passagiere der 2., (oder war es nicht eher die 3. Klasse?), war mehr als bescheiden: Morgens Reis mit Sauce und einer Scheibe Weissbrot, Mittags Sauce mit Reis und einer Scheibe Weissbrot und abends alles zusammen... Die Reise im Transsibirienexpress war aus dieser Perspektive betrachtet, doch ein Genuss gewesen!

Der erste Hafen, den die „Ginyu Maru" anlief war Honolulu, am herrlichen Waikiki-Strand gelegen und vom Golden Peak abgegrenzt. Es war mein 16. Geburtstag. Leider durften wir nicht von Bord und konnten lediglich von der Reling aus das Treiben am Dock beobachten, wo es bereits die bunten, noch heute modischen Hawaii-Hemden gab, die über der Hose getragen werden. Ein für mich damals ganz ungewöhnlicher Anblick, Männer mit bunten Hemden zu sehen: Das hätte sich damals in Europa niemand zu tragen getraut, es gab nur weiss oder weiss!

Zu uns an Bord kamen drei Personen einer jüdischen Hilfsorganisation. Sie erkundigten sich nach jüdischen Reisenden. Ich war der einzige und meldete mich sofort, erzählte von meinem Reiseziel und erhielt als Begrüssungsgeschenk einen damals für mich unnützen Rasierer - bei mir wuchs ja noch nichts! Ausserdem überreichten sie mir ein kleines Holztäfelchen mit der US-Fahne und -Hymne, sowie eine Tafel Schokolade. Als ich sagte, heute sei mein 16. Geburtstag, fragte man mich, ob ich einen besonderen Wunsch hätte. Nach dem nicht gerade abwechslungsreichen Essen an Bord fiel mir die Antwort leicht: Ich wollte gerne eine der riesigen Ananas essen, die am Kai verkauft wurden. Sie brachten mir also eine der Früchte an Bord und es war wirklich die schmackhafteste und saftigste Ananas meines Lebens!

Das Schiff lief nach einem kurzen Aufenthalt in Honolulu nur noch eine zweite, kleinere Insel namens Hilo an. Von dort aus ging es dann direkt Richtung USA. Unterwegs überquerten wir den Äquator. Auf unserem Schiff gab es keine Taufe durch Neptun. Aber wir bekamen ein Zertifikat, was mir auch genügte. Wir überquerten die Datumsgrenze und hatten zweimal den gleichen Tag - worüber ich mich noch heute wundern kann!

Die Reise in Richtung USA sollte alles andere als beschaulich werden: Wir gerieten in einen Taifun! Das Schiff tauchte dramatisch mit dem Bug unter, die Wellen und das Heck ragte zum Himmel hoch und auch seitlich schlingerten wir erheblich.

Es war ein aufregendes Schauspiel, an dem ich mich nicht satt sehen konnte und viele Stunden auf der Kommandobrücke verbrachte. Es dauerte zwei volle Tage, bis das Meer sich wieder beruhigte. Natürlich konnte der Koch bei diesem auf und ab den Herd nicht benutzen, so dass unser Reis-Sauce Gericht von Weissbrot abgelöst wurde. Dann aber stand wieder die Sonne am Himmel und in der Ferne tauchten die Felsen vor der Hafeneinfahrt von San Francisco auf!

Entlang der amerikanischen Pazifik-Küste

Alle Passagiere waren an Deck und staunten, als wir unter der berühmten Golden Gate-Brücke durchfuhren. Wir liessen die berüchtigte Gefängsinsel Alcatraz an uns vorbeiziehen und legten dann im Hafen San Franciscos an. Das japanische Malerehepaar und die britische Familie verliessen als einzige das Schiff. Wir anderen hatten kein Visum und durfte nicht an Land. Ich war sehr traurig darüber, da ich doch gerne etwas von der Stadt gesehen und zudem die Chance nutzen wollte, etwas Gewohntes zu essen. Am späten Nachmittag kam ich so mit dem US-Wachbeamten ins Gespräch, einem freundlichen, älteren Herren. Ich bat ihn, mich doch von Bord zu lassen, versicherte, nur für zwei Stunden an Land gehen zu wollen und gab ihm mein Ehrenwort zurück zu kommen! Als letztes Argument brachte ich hervor, mein Gepäck an Bord zu lassen. Tatsächlich liess er sich erweichen und so konnte ich, wenn auch nur für zwei Stunden, von Bord gehen. Ich lief durch die Hafengegend mit der Fishermans Bay und sah mir Chinatown an - obschon ich das ja fast schon vom Schiff gewohnt war.

Kurz bevor ich zurück musste, ass ich meinen ersten echten Hot Dog!

Nach wenigen Tagen Aufenthalt ging es weiter nach Los Angeles, wo ich wieder versuchte, das Wachpersonal zu überzeugen, dass es ein Jammer wäre, nach einer so langen Fahrt nur den Hafen der Stadt gesehen zu haben! Ich argumentierte mit dem netten Kollegen aus San Francisco und hatte wieder Glück - man liess mich von Bord. Los Angeles erschien mir jedoch viel verwirrender als San Francisco, der Hafen lag weit ausserhalb der eigentlichen Stadt und in der kurzen, mir erlaubten Zeit hatte ich keine Gelegenheit, ins Centrum zu gelangen. Also blieb ich in der Nähe des Hafens und verbrachte volle zwei Stunden zwischen Imbissbuden, Icecream- und Getränkeausschänken (Cola)! Dieses Mal ging es jedoch nicht nur ums Essen, ich schaffte es sogar, ein paar Geschäfte abzuwickeln. Denn an einer der Imbissbuden traf ich Hafenarbeiter, denen ich einige meiner Perlenketten und Seidenhemden verkaufte. Jetzt hatte ich endlich einmal eine konvertierbare Währung in der Tasche! Gleichzeitig war jedoch auch der Geschäftsmann in mir geweckt. Denn die Männer erzählten mir, man könne in Lateinamerika mit technischen Geräten aus den USA sehr viel Geld verdienen. Also kaufte ich mir einige billige Fotoapparate und schlug sie im weiteren Verlauf der Reise auch tatsächlich mit Gewinn wieder los!

Das Ergebnis meiner vielen, grösstenteils unfreiwilligen Transaktionen, die mit dem Verkauf meines Köfferchens mit Wintersachen in Moskau begonnen hatten, konnte sich sehen lassen: Ich war mit etwa 120 US-Dollar aus Schweden abgefahren und kam später mit 1.200 Dollar in Bolivien an. Leider war das aber nicht der Beginn einer grossen

Karriere als Händler, sondern eine der sehr wenigen finanziellen Operationen meines Lebens, bei denen ich mit wenig Einsatz grossen Gewinn machte. Nun verliessen wir Los Angeles in südliche Richtung. Der nächste Hafen war Acapulco, ein damals noch völlig verschlafenes mexikanisches Fischernest, das heute ein Inbegriff für Urlaub ist.

Hier gingen die Chinesen von Bord. Sie wollten sich in Mexiko nach Arbeit umsehen. Die wenigen noch verbliebenen Passagiere des Frachters konnten in allen nun folgenden Häfen ohne Probleme an Land gehen. Also schaute ich mir Acapulco an. Es gab damals nur wenige schöne Häuser auf den Felsen über dem Meer, dafür aber um so mehr kleine, geduckte Hütten an staubigen Strassen. Hier sah ich zum ersten Mal von Eseln gezogene Lastkarren! Halbnackte Kinder spielten auf den Strassen und auch die Erwachsenen waren in dem warmen Klima nur leicht bekleidet. Für mich war es die erste Begegnung mit der „Dritten Welt", einem Terminus, den es damals wohl noch gar nicht gab.

Natürlich ging ich auch wieder in ein Restaurant, um etwas ordentliches zu essen. Damals kannte ich ja die mexikanische Küche noch nicht! Ich musste Unmengen Wasser trinken, um halbwegs das Brennen in Gaumen und Rachen wieder loszuwerden... Die einzige wirkliche Attraktion des Ortes waren die sogenannten Clavistas. Junge Männer, die von einem hohen Felsen in eine sehr enge Schlucht sprangen, um nach Münzen zu tauchen, die Touristen hineinwarfen. Ein riskantes Spiel mit dem Tod, denn man musste genau die anrollende Welle beobachten, um zum richtigen Zeitpunkt in das Wasser einzutauchen. Den Umstehenden wurde auch ständig erzählt, wie viele Clavistas bereits dort ums Leben gekommen waren. Das schien für die meisten Touristen, die Attraktion jedoch nur noch zu steigern.

Wir setzten unsere Fahrt weiter entlang der Küste fort. Nicht immer war Land in Sichtweite, doch legten wir ab jetzt regelmässig in Häfen an, wo jeweils ein Teil der Ladung gelöscht wurde. Immer wieder wurde ich mit der Armut der Bevölkerung konfrontiert, die mich in diesem bislang nicht gesehenen Ausmass erschreckte. Doch versuchte man mir zu erklären, es sei immer schon so gewesen und werde auch immer so bleiben. Die Menschen hätten sich mit ihrem Schicksal abgefunden und schliesslich sei ja alles gottgegeben...

Mein englischer Freund und die Chinesen waren nicht mehr an Bord, so dass mir nur noch der japanische Offizier für Gespräche blieb. Ich freute mich also der Abwechslung halber über einen sehr langen Aufenthalt in Panama, wo ein Streik der Hafenarbeiter die Löscharbeiten über eine Woche verzögerte. Ich nutzte diese Tage, um in einem der nordamerikanischen Klubs schwimmen zu gehen, da die Hitze mir immer mehr zu schaffen machte. Dort lernte ich einige nette Leute kennen, verbesserte mein Englisch und hoffte, dass der Streik der Stauer noch recht lange anhalten möge!

Schliesslich verliessen wir aber auch Panama und legten in Kolumbien an. Hier erlebte ich eine grotesktragische Episode im Hafen. Einer der Passagiere war mit zwei Koffern von Bord gegangen, als sich ihm ein Mann näherte, der ihm in die Jackentasche griff und mit Geld und Pass in Händen davonrannte. Der Reisende stellte seine Koffer ab, um dem Dieb nachzurennen. Als er das Vorhaben aufgeben musste und sich umschaute, waren in Sekundenschnelle auch die beiden Koffer verschwunden. Man muss sich in die Lage des Mannes versetzen, der in einem fremden Land ohne Papiere, Geld und Koffer am Kai steht und nicht weiss, wie es nun mit ihm weiter gehen soll!

In Ecuador ging dann eine Gruppe Deutscher an Bord, die ausgewiesen worden waren, nachdem die Regierung dem „Dritten Reich" den Krieg erklärt hatte. Kaufleute, Ingenieure und sonstige Berufstätige wurden nur aufgrund ihres Deutschtums des Landes verwiesen. In dieser Gruppe befand sich auch eine junge Lehrerin, mit der ich mich rasch anfreundete. Sie störte sich auch nicht daran, dass ich Jude war und ihr erzählte, aus Deutschland geflüchtet zu sein. Sie erzählte mir, dass die Mehrzahl der Ausgewiesenen keineswegs Nazis waren, sondern die Regierung willkürlich Namen zusammengestellt habe. Die Männer befürchteten, in den Krieg geschickt zu werden und die Frauen hatten sich an das bequeme Leben in Kolumbien, mit viel Haushaltspersonal und sonstigen Bequemlichkeiten gewöhnt. Ich weiss nicht, ob sie jemals in Deutschland angekommen sind, da wenige Monate später der Angriff der Japaner auf Pearl Harbor stattfand.

Als nächstes liefen wir Peru an. Die Besatzung warnte uns vor Dieben, die Schiffe heimzusuchen pflegen. Alles was nicht niet- und nagelfest war, wurde abgeräumt und verstaut! Ich besuchte trotzdem vom Hafen El Callao aus die Hauptstadt Lima, wo ich die Bauten aus der Kolonialzeit sah und bereits einen Vorgeschmack dessen bekam, was mich in Bolivien erwartet. Gestohlen hat mir unterwegs zum Glück niemand etwas!

Die letzte Station der langen Schiffsreise war der chilenische Hafen von Arica, der einstmals zu Bolivien gehörte. Hier ging ich von Bord. Die Bahn nach La Paz fuhr nur zweimal wöchentlich, so dass ich, nachdem ich mir ein Billet gekauft hatte und meiner Mutter von dem nahenden Wiedersehen telegraphiert hatte, drei Tage in einer chilenischen Pension verbrachte. Hier musste ich mich erstmals auf Spanisch verständigen. Dies fiel mir sehr schwer, doch die Wirtsleute, mit denen ich am Tisch ass, waren sehr freundlich und hilfsbereit, so dass ich langsam begann, mit ihnen zu kommunizieren.

Ich erlebte dort auch mein erstes Erdbeben. Plötzlich begann die Lampe über dem Tisch zu schwingen und ein dumpfes Grollen und Erdstösse versetzten mich in Panik. Die Wirtsleute lächelten nur und meinten, dies sei überhaupt keine Ursache für Aufregung, da es ein ganz schwaches Beben sei, das hier tagtäglich verspürt werde. Mich konnte der Gedanke an ein „richtiges Beben", wie sich die Wirtin ausdrückte, jedoch nicht recht beruhigen und bei jedem weiteren Erdstoss wunderte ich mich, wie die Gespräche fortgesetzt und die für mich unmittelbare Gefahr des Hauseinsturzes einfach ignoriert wurde.

Ankunft in Bolivien

Auch diese Wartezeit ging vorüber und ich bestieg den Zug nach La Paz, der sich langsam in Bewegung setzte und innerhalb eines Tages auf 4.000 Meter die Anden hinauffahren muss. Am späten Abend erreichten wir einen kleinen Ort, wo wir ausstiegen und die Nacht dort verbringen mussten. Es war ein ganz primitives Zimmer in einer Hütte. Auf einem Holzgestell befand sich lediglich ein grosser Strohsack als Schlaflager. Ich hatte den Eindruck, endgültig die Zivilisation zu verlassen! Am kommenden Morgen setzte sich der Zug wieder in Bewegung und die alte Dampflok schnaufte mit den ebenfalls uralten Waggons immer bergauf, mit immer spärlicher werdenden Vegetation. Am Freitag Nachmittag erreichten wir dann El Alto, in 4.000 Meter Höhe. Es war die Bahnstation über der Stadt La Paz, die selbst in einem Talkessel liegt. Am anderen Ende des Tals sah man das Wahrzeichen von La Paz, den 6.400 Meter hohen Illimani, den höchsten Berg der Cordillera Real. Und so erreichte ich mit meinen beiden Köfferchen samt „Knauers Lexikon" und dem Buch „Jüdisches Fest, jüdischer Brauch" La Paz. Auf der Bahnstation erwarteten mich meine Mutter und mein Vetter Benno. Es war ein freudentränenreiches Wiedersehen, nach zwei ereignisreichen Jahren der Trennung!

Meine Mutter betrieb in La Paz einen kleinen Mittagstisch für 20 Personen, in der Chuquisaca 97, nahe vom Stadtzentrum. Es war eher eine Gasse als eine Strasse, Kopfsteinpflaster, schmale Bürgersteige. Das Haus war aus Lehmziegeln gebaut und hatte Fussböden aus gebrannten Ziegeln. Meine Mutter bewohnte im ersten Stock drei Räume. Den grösseren nutzte sie als Speisesaal für den Mittagstisch. Sie selbst hatte nur ein fensterloses Schlafzimmer sowie einen kleinen Raum, der eigentlich nur den Durchgang zu Küche und zur Toilette darstellte. Dort war eine Couch für mich aufgestellt.

Es gab noch viel zu erzählen, die Schabbat-Kerzen waren bereits ausgebrannt, und meine Mutter war glücklich, ihr einziges Kind wieder wohlbehalten im Haus zu haben. Aber was für ein Unterschied zu unserer Wohnung in Berlin! Was für eine Umstellung für meine Mutter, die sich in ihrem Alter von einer wohlhabenden Kaufmannsfrau zur Inhaberin eines kleinen Mittagstisches für Emigranten hatte wandeln müssen. Welcher Kulturschock für eine Frau, die das Gymnasium absolviert hatte und jetzt umgeben von Indios auf den Markt gehen musste. Hier hockten die Marktfrauen auf dem Boden, entlausten ihre Kinder und knackten die Läuse dann mit den Zähnen. Wenn sie urinieren mussten, gingen sie einen Meter neben dem Stand in die Hocke. Unter ihren vielen, bunten Röcken, sah man dann ein gelbes Bächlein entspringen, das sich mit anderen verband und zwischen den Ständen umherfloss...

Gekocht wurde bei uns wie in allen anderen Haushalten mit Kerosin, das man in grossen 20-Liter-Kanistern auf der nahe gelegenen Plaza aus einer Zapfsäule bezog. Die Kocher mussten ständig aufgepumpt werden und mit einer Nadel wurde laufend die Düse gesäubert, aus der die Flammen traten. Alles schien mir unerträglich primitiv. Damals ahnte ich ja noch nicht, dass dieses neue zu Hause mir eines Tages noch als Luxus erscheinen werde - denn es sollte mich noch in ganz andere Gegenden und Unterkünfte verschlagen...

Jedenfalls wusste ich mich bei meiner Mutter gut versorgt. Sie machte mir zur Begrüssung meine Lieblingsspeise, Bauernfrühstück und anschliessend Schokoladenpudding. So schlief ich dann am späten Abend auf meiner Couch sofort ein.

Am nächsten Morgen erlebte ich das erste mal Indios hautnah. Es war ziemlich schockierend für mich. Sie evakuierten mitten auf der Straße, alles war sehr dreckig und stank. Die Indios hatten eine Demutshaltung gegenüber allen, die weiss waren, oder gar einen Anzug trugen - was wir damals alle taten. Sie selbst liefen in sehr primitiv gewebten Hosen und Ponchos herum, mit aus abgewetzten Autoreifen hergestellten Sandalen. Die Frauen trugen viele Röcke, die sie übereinanderzogen. Auf dem Rücken hatten sie einen Poncho mit dem Hab und Gut und dem jeweils jüngsten Kind. Aus Schweden kommend, war dies eine sehr neue Welt für mich, an die ich mich zunächst einmal gewöhnen musste.

Bauarbeiter in La Paz

Die Wohnung meiner Mutter befand sich auf einer rund um den Innenhof angelegten Galerie. Nebenan wohnte ein russischer Ingenieur, Carlos Gorsky, der vor den Bolschewisten geflüchtet war. Er hatte bereits ein abenteuerliches Leben mit Stationen in der Mandschurei, China, USA und Venezuela hinter sich. Jetzt war er bei einer dänischen Firma in Bolivien gelandet, für die er den Neubau des „Club de La Paz", dem vornehmsten Club der Stadt, leitete. Alles was Rang, Namen und Geld in Bolivien hatte, gehörte diesem Club an - übrigens auch die Nazis, die dort ihre Tagungen, mit einem Hakenkreuz-Wimpel auf dem Tisch veranstalteten.

Ich unterhielt mich mit Gorsky auf Englisch lange über meine Reise. Er war besonders an den Zuständen in der UdSSR interessiert. (Wenige Tage nach meiner Ankunft in Bolivien sollte die deutsche Wehrmacht in die Sowjetunion einfallen. Zudem bombardierten die Japaner im Dezember des gleichen Jahres Pearl Harbor, so dass die USA in den Krieg eintraten. Da ich zudem erst einen Monat vor Kriegsbeginn Deutschland verlassen hatte, war ich also mehrfach knapp am Krieg vorbeigeschrammt.)

Die Gespräche mit Gorsky bewirkten, dass ich sofort einen Job hatte. Er sagte mir, ich könne bereits am Montag auf seinem Bau anfangen. Meine Aufgaben lagen im Bereich der Personalkontrolle (was dort „pasatiempo" hiess) sowie der Materialausgabe und -verwaltung. Mit den dänischen Chefs der Firma Christiani & Nielsen konnte ich mich sogar leidlich mit meinem Schwedisch verständigen, da beide Sprachen sehr ähnlich sind. Der Bau war bereits sehr vorangeschritten, doch blieben viele Arbeiten noch auszuführen, so dass ich etwa ein Jahr dort beschäftigt war. Ich bemühte mich, neben dem Spanischen, auch die Indiosprache Aymara zu erlernen, um mich mit den Arbeitern besser zu verständigen. Deren Spanisch beschränkte sich zumeist auf einige wenige Worte. Meine Grundkenntnisse in Aymara machten mich schnell bei den Arbeitern beliebt, da diese es nicht gewöhnt waren, dass sich ein Weisser für irgendetwas an ihnen interessierte. Bolivien war zwar ursprünglich ihr Land gewesen, dennoch hatten sie sich daran gewöhnen müssen, sich in allen Bereichen an die Einwanderer anzupassen.

Präsident des Club de La Paz war der Herausgeber der Nachmittagszeitung „Ultima Hora". Er hiess Ortega und erschien täglich auf dem Bau, um mir seine Extrawünsche mitzuteilen, die ich dann an die Bauleitung weiterreichte. Auch andere Persönlichkeiten, Senatoren, Abgeordnete, der Bürgermeister von La Paz, Industrielle und reiche Kaufleute - alles Klubmitglieder - erschienen unangemeldet und liessen sich von mir über den Stand des Bauvorhabens informieren.

Im Kellergeschoss war ein riesiges Schwimmbecken eingebaut (das einzige damals in La Paz), das ich praktisch einweihte und auch täglich benutzte, als bereits Klubmitglieder und deren Familien dort erschienen. Anfangs schauten sie etwas irritiert, doch dann gewöhnten sie sich an mich und es kam auch zu Gesprächen, da ich als Gringo ihnen ja von der grossen, weiten Welt erzählen konnte. Nähere Bekanntschaften wurden jedoch nicht geschlossen, da die „feine Gesellschaft", als die sie sich bezeichneten, keine Aussenseiter tolerierte.

Als das Gebäude fertig war, wurde ich von der Firma zum Strassenbau versetzt. Die neue Strasse führte vom Stadtteil Obrajes direkt zur Militärschule. Auf dem Bau hatte ich zwei nette Arbeitskollegen, Infante und Sevilla, mit denen ich mich anfreundete. Die Arbeiter wurden von einer Sammelstelle in der Stadt morgens zur Baustelle gebracht und am Nachmittag wieder abgeholt. Dabei passierte es einmal, dass der mit den Indios überladene Laster in einer scharfen Kurve umstürzte, wobei mehrere von ihnen getötet und andere teils schwer verletzt wurden. Ich selber sass in der Kabine und kam auf dem Chauffeur zu liegen, so dass ich ohne eine Schramme aussteigen und die ersten Hilfsmassnahmen anordnen konnte. Die hatte ich seinerzeit bei den Luftschutzübungen im schwedischen Uppsala gelernt, wo die Heiminsassen turnusgemäss den Luftschutzkeller für die nähere Umgebung betreuten. Auch ich hatte alle zwei Wochen dort Dienst und war zuvor von der Feuerwehr für Rettungsarbeiten geschult worden. Nebenbei hatten wir damals in Schweden auch gelernt, wie die weltbekannten Flugabwehrkanonen (Flak) der Marke

Bofors bedient werden. Flugabwehr brauchte ich nun hier in Bolivien nicht, aber meine Kenntnisse der Ersten-Hilfe kamen mir doch zu Gute.

Entstehung eines Wasserkraftwerkes im Nichts

Eines Tages eröffnete mir einer der dänischen Firmenchefs, ich sei auserwählt worden, bei dem nunmehr grössten Bauvorhaben der Firma in Bolivien mitzuwirken. Ich fühlte mich geehrt, da ich noch nicht wusste, was da auf mich zukam. Das neue Wasserkraftwerk für La Paz sollte errichtet werden, inmitten eines gottverlassenen Tales, das vom Altiplano abging. Wir fuhren mehrere Stunden lang auf schmalen Erd- oder Schotterwegen, die eigens von der Firma angelegt worden waren. Es gab Strecken in der Gegend, wo man Vormittags nur rauf- und Nachmittags nur runterfahren durfte, weil es keine Stelle gab, wo zwei Wagen aneinander vorbeipaßten. Auf der einen Seite ragte immer ein Berg in die Luft, auf der anderen Seite klaffte ein völlig unbefestigter Abhang. Schliesslich erreichten wir die Basisstation.

Zunächst errichteten wir einen Kanal auf einer Seite des Berges, der das Wasser des kleinen Flusses bis zu den Turbinen leiten sollte. Dabei musste viel Gestein weggesprengt und an anderer Stelle Steinmauern hochgezogen werden. Es waren etliche hundert Indios, die dort mit Hacke und Schaufel den Abbau des

Gerölls betrieben oder an den Mauern arbeiteten. Ausserdem arbeiteten hier noch vier Sprengmeister mit ihren Gehilfen.

In unserem Lager, auf der gegenüberliegenden Flussseite, wohnten gemeinsam mit mir noch sieben andere Personen, darunter der Chefingenieur. Dort befand sich auch das Gerätelager und der „Almacén", das Lebensmittellager, in dem die Arbeiter ihr tägliches Essen einkauften. Jeder hatte eine Wochenkarte, auf der die jeweiligen Beträge eingetragen wurden, die dann bei der Lohnauszahlung abgezogen wurden. Alles wurde per Hand und mit Bleistift erledigt. Auch die Lohnabrechnungen und die Kontrolle der Arbeitsstunden (am Vor- und am Nachmittag) erfolgten anhand der Arbeitskarte, die die Indios meistens unter der Wollmütze auf dem Kopf trugen, wo auch die Kokablätter lagen, die sie den ganzen Tag über kauten. Diese Kokablätter sind für alle Indios des Altiplano, auch bei den Bergleuten, in den Städten oder bei der Landarbeit. eine absolute Notwendigkeit, da das Kauen der Blätter den Hunger lindert und die Arbeit in der dünnen Höhenluft erleichtert. Ich selber habe es nur einmal versucht und habe gleich wieder aufgehört. Mir schmeckten sie einfach nicht und ich spürte auch keinen der angeblichen Effekte.

In dem „Almacén" gab es nur Grundnahrungsmittel - Mais, getrocknete Kartoffel (Chuño, die in der Suppe wieder aufgehen), getrocknetes Schaffleisch (Charqui, das auch im warmen Wasser aufquillt), Nudeln, Zucker, Reis, billige Zigaretten, Kochschokolade, Streichölzer, Kerzen und ähnliche Dinge. Ich musste den Almacén betreuen, die Geräte- und Sprengstoffausgabe überwachen, die Lohnabrechnung machen, den Lohn auszahlen sowie die Anwesenheit auf der Baustelle kontrollieren. Dabei wurde ich von zwei Angestellten unterstützt. Es gab keinen Strom, so dass wir abends mit Kerosinlampen arbeiten mussten, um die Abrechnungen zu erledigen. Wenn man zu dicht an die Lampen herankam, verbrannten die Wimpern und wenn man sich etwas mehr entfernte, sah man in der Dunkelheit nichts mehr. Die dünne Bleistiftspur tat ein übriges und Rechenmaschinen waren uns unbekannt. Also hiess es Kopfrechnen und Summieren langer Zahlenkolonnen nach einem anstrengendem Arbeitstag!

Auch das Wetter hob nicht die Stimmung. In dem Tal regnete es fast jeden Tag; es war einfach trostlos. Unterhaltung gab es keine, nicht einmal das Transistorenradio war erfunden. Meine einzige Freizeitgestaltung bestand darin, mit meinem Revolver, einem Colt Kaliber 38, auf leere Dosen zu schiessen. Ich traf sehr gut und konnte mir auf diese Weise auch Respekt bei den Indios verschaffen. Da man auch fürs Schiessen Tageslicht braucht und es früh dunkel wurde, ging man eben sehr früh schlafen.

Ein besonders deprimierendes Erlebnis hatte ich bei einem meiner Inspektionsgänge. Einige Indios riefen von weitem nach mir und zeigten auf einen etwa 20 Meter tiefergelegenen Felsvorsprung. Ich kam zu ihnen, schaute hinunter und sah, dass ein Arbeiter hinuntergestürzt war und offenbar tot dalag. So etwas passierte leider öfter. Ich verknüpfte also mehrere Seile miteinander und liess mich zum Felsvorsprung hinab, um den Toten zu bergen. Nicht bedacht hatte ich, dass es schon kurz vor 17.00 Uhr war. Kaum war ich unten angelangt, pfiff der Vorarbeiter dann auch zum Ende der Arbeit. Die Indios liessen das Seil einfach fallen und eilten in ihre Hütten, die an dieser Stelle etwa zwei Kilometer von der Unfallstelle entfernt lagen. Also blieb ich allein mit dem Toten auf einem etwa zwei Quadratmeter grossen Felsvorsprung sitzen, unter mir eine tiefe Schlucht. Es begann schnell dunkel zu werden und jede Hoffnung auf Erlösung aus meiner Lage verschwand. Denn in der Dunkelheit konnte sich mir niemand auf der schmalen Steinmauer, die den einzigen Zugangsweg darstellte, nähern. Wege gab es dort ja nicht, so dass sich niemand zutrauen würde, in der Dunkelheit diesen Balanceakt zu wagen.

Also sass ich dort auf dem Felsvorsprung, mit nichts als ein paar Zigaretten in der Tasche. Ich hatte Hunger und Durst, schliesslich war jetzt Abendbrotzeit und ich hatte den ganzen Tag gearbeitet. Nachts pflegte es in dieser Gegend recht kalt zu werden, so dass ich frierend nichts anderes tun konnte als mich hinzuhocken und den kommenden Tag abwarten. Am nächsten Tag kamen die Indios wieder zur Arbeit, hieften zunächst den Toten und dann mich hoch und taten, als sei nichts gewesen. Es hatte keinen Zweck zu fragen, wer das Seil losgelassen hatte, sie zeigten gegenseitig mit den Fingern aufeinander. Also ging ich in unser Lager, schlief ein paar Stunden und begann dann wieder mit meiner gewohnten Arbeit.

Neben dieser unseligen Nacht erlebte ich auf dieser

Baustelle auch meinen zweiten Absturz mit einem Laster. Dieses Mal stürzten wir eine Böschung herunter und überschlugen uns mehrfach. Wieder gab es Tote und Verletzte unter den Indios, die auf der Ladefläche mitfuhren. Ich hatte wieder grosses Glück und blieb unverletzt.

Die Inspektion wurde immer mühseliger, da sich die Entfernung vom Basislager mit fortschreitender Arbeit ständig verlängerte. Eine Abwechslung gab es endlich einmal zu Karneval. Dieses Fest beginnt in Bolivien an einem Sonnabend und hört in der Nacht zum darauffolgenden Dienstag auf. Die Indios in Bolivien sind fast alle katholisch getauft, feiern aber auch noch die Feste ihrer ursprünglichen Religion und bringen der „Pacha Mama" Opfer. Es wurde jeder Anlass wahrgenommen, um ein Fest zu feiern, gleich welcher Religion, Karneval war aber das grösste und ausgelassenste.

Die Firma hatte angeordnet, keinen Lohn auszuzahlen, damit uns die Arbeiter nicht weglaufen. Die Indios waren in den meisten Fällen „gekaufte" Arbeiter. Sie wurden von regelrechten Menschenfängern in den verschiedenen Orten für einen gewissen Zeitraum verpflichtet. Der Zubringer erhielt eine Kopfprämie von der Firma und kassiert zusätzlich bei seinem Opfer. Die meisten Indios kamen ohne ihre Familien, denn schliesslich wurden nur die Arbeitskräfte gebraucht. Ich glaube nicht, dass ihnen vorher die Wahrheit über die zu leistende Arbeit gesagt wurde - selbst ich hatte ja nicht gewusst, auf was ich mich einliess. Eine Flucht aus der Gegend war so gut wie unmöglich, da eine lange Strecke durch die Berge zurückgelegt werden musste. Ausserdem gab es im Lager Aufseher, die für die Menschenfänger arbeiteten. So waren die Arbeiter gezwungen, im Lager zu bleiben und dort ihren Karneval zu feiern. Es gab viel Trommeln und Pauken, Flöten und Quenas wurden gespielt, der Alkohol floss reichlich und man tanzte bis zum Umfallen im Kreis. Anfangs drohten sie noch, das Büro zu überfallen, um an ihren Lohn zu kommen, doch bald waren alle nur noch vom rhythmischen Trommeln gefangen und erinnerten sich an meinen Umgang mit dem Revolver...

Einmal Karneval im Jahr erschien mir als Abwechslung aber doch etwas dürftig, das Wetter und die ganze Umgebung deprimierten mich, so dass ich meine Versetzung beantragte. Ich musste noch einige Wochen ausharren, dann jedoch wurde mein Gesuch angenommen, so dass ich nach neun langen Monaten dieses Tal endlich verlassen konnte.

Im Gefängnis von La Paz

Zurück in La Paz gewöhnte ich mich bald wieder an das allsonntägliche „Vergnügen" der Stadteinwohner: Auf dem Prado, der Prachtstrasse zog man jeden Sonntag Vormittag zu Klängen einer Militärkapelle seine Runden - um zu sehen und gesehen zu werden. Wie die meisten Städte Lateinamerikas ist auch La Paz nach dem Schachbrettsystem angelegt. Ein Häuserblock besteht in der Regel aus 100 Meter Länge. Das hat den Vorteil, dass die Hausnummern einer so entstehenden „Quadra" in jeweils Hunderter aufgeteilt sind und man genau weiss, auf welcher „Höhe" der Strasse - und demnach auch der Nebenstrassen - man sich befindet.

Wenige Quadra von diesem Zentrum der Stadt entfernt, lag ein Gefängnis. Es hiess „Panóptico" und umfasste einen ganzen Häuserblock. Ein aus Ungarn stammender Jude namens Wolf hatte in diesem Gefängnis eine Teppichfabrik eingerichtet und suchte eine Aufsichtsperson. Ich meldete mich und wurde sofort genommen. Mich erwartete ein etwas ungewöhnliches Arbeitsumfeld: Das Gefängnis aus meterdicken Mauern umschloss drei Höfe. Je tiefer man in diese Höfe hineinging, desto schwerer waren die Verbrechen der dort Einsitzenden. Im dritten und letzten Hof sassen also in erster Linie Mörder. Hier hatte Wolf in einem grossen, vergitterten Raum seine Webstühle aufgestellt und liess die Verurteilten

Teppiche aus Schurwolle herstellen. Wolffs Idee war gewesen, dass verurteilte Mörder einem Arbeitgeber mehrere Vorteile bieten: Die Arbeiter waren immer vor Ort, so dass man sicher sein konnte, dass die Webstühle über Tag auch tatsächlich bedient wurden.

Ausserdem musste man auch nicht dauernd neue Leute anlernen - die Mörder bleiben lange Zeit... Für die Gefängnisinsassen ihrerseits war die Arbeit auch eine gute Möglichkeit, nicht untätig herumzusitzen und sich zu langweilen. Zusätzlich konnten sie so etwas Geld verdienen, mit dem sie ihre Familien draussen unterstützten.

Anders, als man es vielleicht erwarten könnte, war die Atmosphäre dort sehr friedlich. Ich begegnete netten, ruhigen Männern, die dort nach Mustern ihre Knoten knüpften und mit langen Messern den Rest des Fadens abschnitten. In keinem Moment brauchte ich Angst vor ihnen zu haben. Ich meinerseits war auch gar nicht bewaffnet. Im Ernstfall hätte mir das ohnehin nichts geholfen, da ich mich alleine, oftmals mit dem Rücken zu den Gefangenen stehend, ja schlecht gegen zwei Dutzend Messerträger hätte verteidigen können. Wir fassten aber schnell Vertrauen zueinander. Meine, des Gringo, Aufgabe war es, die Wolle auszugeben und die Zahl der Knoten täglich abzuzählen. Die Wachmannschaften hatten sich nach wenigen Tagen an mein Kommen und Gehen gewöhnt, so dass ich nicht mehr kontrolliert wurde. Dies nutzte ich, um den Häftlingen gelegentlich eine Flasche „Pisco", einen aus Trauben gewonnenen hochprozentigen Schnaps, ins Panóptico zu schmuggeln. Verdient habe ich damals nichts daran, sondern betrachtete diese „Einkäufe" als Freundschaftsdienst. Ich nehme an, dass viele auch nicht in erster Linie wegen eines begangenen Verbrechens einsassen. Vielmehr konnten sie sich keinen guten Anwalt leisten. Die Pflichtverteidiger sahen es jedoch lediglich als ihre Aufgabe an, bei der Gerichtsverhandlung präsent zu sein. Zu welcher Strafe ihr Mandant verurteilt wurde, und ob er überhaupt schuldig war, interessierte sie wenig.

Im Gefängnis herrschte ein für mich - und jeden anderen auch - ungewohnter Brauch. Die Häftlinge verschlossen ihre Zellen selber, mit eigenen grossen Schlösser. Sie hatten Angst vor Diebstahl. Ihre Furcht richtete sich jedoch nicht gegen ihre eigenen Mitgefangenen, sondern gegen die Beamten des Strafvollzuges! Denen hätte schliesslich ein Diebstahl aus den Zellen niemals nachgewiesen werden können. Normal war auch der Besuch von Frauen, die sich dann mit den Männern in deren Zellen zurückzogen. In diesem Falle schlossen die Häftlinge ihre Zellen dann von innen zu. Die Arbeit im Gefängnis war also eine wirklich interessante Erfahrung für mich. Sie machte mir jedoch nur anfangs großen Spass. Relativ schnell kam sie mir eher unpassend vor und ich beschloss, mir wieder etwas anderes zu suchen.

Zinn-Minen bei Oruro

Ich bewarb mich bei der drittgrössten bolivianischen Minengesellschaft. Sie gehörte Mauricio Hochschild, einem aus Deutschland stammenden Juden. Er hatte ein weltweites Netz von Unternehmen aufgebaut, die von Brüssel aus geleitet wurden. Die beiden anderen bolivianischen „Minen-Könige" waren Patino und Aramayo, auch sie lebten nicht im Lande. Hauptsächlich wurde Zinn gefördert und exportiert, aber auch andere nichteisenhaltige und wertvolle Metalle. Ich erhielt eine Anstellung in der Stadt Oruro, auf dem Altiplano gelegen. Oruro ist der einzige Ort des Landes, in dem die Wohnungen Doppelfenster hatten - und zwar nicht wegen der Kälte, sondern wegen des starken Windes, der das ganze Jahr über die mondlandschaftähnliche Gegend wehte und feinen Sandstaub aufwirbelte!

Der Firmensitz war ein riesiger Schuppen, da auch Lagerhallen für Erze und Materialien dort untergebracht waren. Ich selbst arbeitete in der Kontrollabteilung des Unternehmens. Sie wurde von einem Herrn Fisch geleitet, und wurde deshalb auch innerhalb der Firma „Aquarium" genannt. Ausser den sporadischen und systematischen Inspektionen in den verschiedenen Minen, war die Erstellung nützlicher oder völlig unnützer Statistiken das Hauptanliegen von Fisch. Es mussten wirklich die blödsinnigsten

Vergleichsstatistiken aufgestellt werden, die, nachdem der Chef der Firma einen Blick darauf geworfen hatte, entweder im Archiv oder im Papierkorb landeten. Die Kollegen waren sehr nett und so hatten wir trotzdem unseren Spass bei der Arbeit. Ich habe mir damals einen Scherz erlaubt und habe eine Statistik angefertigt, wieviel Zeit doch die Angestellten auf der Toilette verlören. Was das Wasserlasssen die Firma kosten würde! Fisch war beeindruckt und liess gleich die Schlüssel der Toiletten konfizieren. Als erstes wollte dann ausgerechnet der Chef austreten und fragte, warum abgeschlossen sei, wer den Schlüssel habe. Das Endergebnis war, daß er den Witz zwar auch gut fand, aber meinte, er müsse mich wegen Fisch jetzt in eine andere Abteilung setzten.

Ich wohnte in Oruro in der Pension von Adolf May. Das kleine Zimmer teilte ich mir mit dem Kellner des Restaurants, der Steinberg hiess. Er war etliche Jahre älter, gebildet und brachte mir sogar den Grundschritt des Foxtrotts bei! Mit dieser Basiskenntnis kam ich den Rest meines Lebens gut zurecht und brauchte dann nur noch Samba- und Walzerrhythmus hinzulernen, um auf dem Tanzboden gut über die Runden zu kommen! Dazu muss ich allerdings auch sagen, dass in Südamerika diese Art der deutschen Tanzschulen, wo man alle möglichen Standardschritte lernt, überhaupt nicht üblich sind. Man tanze nach seinem eigenen Gefühl und Rhythmus. Also tanzte ich sogar bei mehreren Turnieren mit und gewann Pokale!

Das Freizeitangebot in Oruro war wieder einmal

recht beschränkt. Es gab ein Kino und eine Konditorei, die von der Familie Anders betrieben wurde und sich sogar den pompösen Namen „Nachtklub" zugelegt hatte. Hier spielte am Abend eine kleine Band mit einem Klavierspieler, einem Saxofonisten und einem Schlagzeuger. Der Schlagzeuger war etwas älter als ich und hiess Achim Pinkus. Die Gruppe spielte - mit mehr Enthusiasmus als Können - die neuesten US-Schlager, die wir aus dem Radio oder aus Filmen kannten. Wir Gäste freuten uns, wenn ausser der Tochter des Lokalbesitzers, die mit Achim verlobt war, noch ein oder zwei junge Frauen zum Tanzen gekommen waren. Später sollte Achim dann mit der Mutter seiner Verlobten durchbrennen, ein Thema, das wochenlang den Klatsch in der kleinen Stadt beherrschte!

Anschliessend wurde ich Untermieter bei Frau Prager, deren Sohn mindestens doppelt so alt war wie ich und sehr gut Piano spielte. Er trat in einem Lokal auf und ich durfte ihn am Schlagzeug begleiten, das dort bislang unbenutzt herumgestanden hatte. Meine Begeisterung für Jazz währte schon etliche Jahre und wurde durch die vom Propagandaminister Goebbels verbreitete Definition des Jazz als „negroid jüdische Verfallsmusik" nur noch bestärkt. Da wir uns in Bolivien immer über den Radiosender BBC London über den Kriegsverlauf informierten, hörten wir auch stets den neuesten Jazz: Denn schliesslich wurde zwischen den Nachrichtensendungen fast nur diese Musik gespielt. Ich hatte mir aus den USA ein Lehrbuch über Schlagzeugtechnik bestellt, das von dem damaligen Idol - aus Filmen bestens vertraut - Gene Krupa, verfasst und reich bebildert war. Ich lernte also Schlagzeugspielen aus einem Buch, ganz ohne Lehrer und übte viel. Schliesslich konnte ich problemlos den Rhythmus beibehalten und war zumindest als Begleitung ganz akzeptabel!

In Oruro traf ich auch einen ehemaligen Schulkameraden aus Berlin wieder, Marko Pollner. Dessen Eltern besassen ein grosses Geschäft auf dem Hauptplatz, neben dem Kino. Besonders angetan war ich von seiner Schwester Sonja, die mich sogar zum Tennisspiel mitnahm. Ich hatte nie zuvor einen Schläger in der Hand gehalten und versuchte, so gut ich konnte, halbwegs ehrenhaft das Spiel zu beenden. Eine Freundin Sonjas, eine Nordamerikanerin namens Dinah, hatte Mitleid mit mir und brachte mir anschliessend einige Grundkenntnisse dieses damals sehr elitären Sportes bei. Da ich aber nicht zu dieser finanziellen Elite gehörte, gab ich nach einer Weile auch das Spielen wieder auf. Schliesslich galten in Bolivien strenge gesellschaftliche Regeln. Man grenzte sich voneinander ab.

Emigranten und Bolivianer hatten deshalb auch nur spärlichen Kontakt miteinander. Von den „besseren" Einwohnern trug hier zum Beispiel niemand ein Päckchen, das grösser als ein Buch war. Das galt schon als eine niedere Arbeit, wozu man sich einen „Chico" nahm, einen Jungen von der Straße. Der trug einem in einem Tuch, das um den Hals gebunden war, die Sachen in dieser Art Beutel hinterher. So einen Chico nahm man sich für ein paar Pfennige, zum Beispiel für die Einkäufe vom Markt. Die Jungen standen an jeder Straße und vor jedem Geschäft. Man rief sie sich dann heran. Aber die Emigranten trugen ihre Taschen, Köfferchen und Pakete selbst. Sie waren ja alle ohne Geld angekommen und jeder Pfennig wurde gespart! Aber dadurch, dass die Emigranten ihre Pakete selber trugen, waren wir für diese „feine" Gesellschaft nicht gesellschaftsfähig. Denn wir waren ja praktisch auf dem Level der Indios. Die Ober- und Mittelschicht verachtete uns und die Indios haben uns natürlich nicht akzeptiert, weil wir Weisse waren.

Es blieb eine fremde Welt, eingeteilt in das Dreiklassensystem: Die reiche Oberschicht, die Hellhäutigen, die von den Spaniern abstammten; die Mischlinge, die Mestizen, und unten dann gab es die Indios. Jeder glaubte, den anderen überlegen zu sein. Und sie hatten nur einen gemeinsamen Gegner, das waren die Emigranten. Die passten in kein Schema. Man konnte es nicht nur am „Chico" erkennen. Der Bolivianer, der etwas auf sich hielt, hatte ja auch sein Personal im Haus das mehr oder weniger fürs Essen arbeitete. Ein Gehalt gab es nicht. Der Mischling wollte auch so sein. Er verachtete den Indio, wollte sich von ihm, und damit der Hälfte seiner Herkunft, distanzieren. Und der Indio, dem blieb nichts anderes übrig, als eben ein Indio zu sein, aber er wusste, dass das Land ursprünglich ihm gehört. Man war als Emigrant ein absoluter Fremder und ist es auch geblieben. Nur in ganz wenigen Ausnahmefällen wurden zum Beispiel Ehen zwischen Bolivianern und Emigrantinnen - oder andersherum - geschlossen. In der Regel lief alles sehr getrennt ab.

Meine Karriere bei Mauricio Hochschildt, den ich auch persönlich in der Firma kennengelernt hatte, endete eher unkonventionell. Ich wurde zur Kontrolle des Inventars in eine der in den Anden verstreut liegenden Minen geschickt. Man empfing mich freundlich, meinte, es sei doch nur Zeitverschwendung, sich mit der Inspektion zu beschäftigen. Man habe doch guten Whisky und importierte Zigaretten und ein nettes Gespräch würde meinen Besuch angeregt verlaufen lassen. Ich lehnte dankend ab, ging mit dem Inventar des Vorjahres in die Lagerschuppen und begann mit der Kontrolle. Ich war sofort verblüfft festzustellen, dass die dort angegebenen Mengen - Arbeitsgeräte, Dynamitkisten, Grubenlampen und sonstiges Ausrüstungen - in keinem einzigen Fall auch nur annähernd dem Inventar entsprachen.

Auf meinen erstaunten Blick hin entschuldigte sich der Lagerleiter für einen Moment und kam mit dem Chef wieder, der mich in sein Büro bat. Dort schob er mir 2.000 Dollar über den Schreibtisch und meinte, ich könne doch nun den Rest der Inspektion vergessen. Inzwischen sei ja auch das Mittagessen fertig und ich sollte mir alles in Ruhe überlegen. Ich liess das Geld - das Zehnfache meines Monatslohns - auf dem Tisch liegen und wir gingen essen. Anschliessend fragte er mich, ob ich eine Entscheidung getroffen habe und ich antwortete, dass ich mit der Inspektion fortfahren werde. Daraufhin waren es 5.000 Dollar, die er mir über den Schreibtisch schob, was ich erneut ablehnte und sagte, dass es nicht um die Höhe des Betrages, sondern um das Prinzip gehe. Nun änderte sich sein Gesichtsausdruck und er gab mir zu verstehen, dass ich in einer gottverlassenen Gegend sei, wo ein Mensch leicht verschwinden könne und niemand nach mir suchen und noch weniger finden werde. Die Mittel hierzu seien mir doch klar. Das waren sie allerdings und ich bewahrte einen Rest von Vernunft, nahm das Geldbündel, steckte es in einem Umschlag und unterschrieb das mir vorgelegte neue Inventar. Allerdings nicht mit meiner gewohnten geraden Unterschrift, sondern mit dem schräg seitlich geführten Federhalter. Dann wurde reichlich Alkohol eingeschenkt, man überreichte mir etliche Stangen nordamerikanischer Zigaretten - die, wie viele andere Dinge von den Minengesellschaften zollfrei eingeführt werden durften. Wir verabschiedeten uns unter grossen Beteuerungen ewiger Freundschaft und ich kehrte nach Oruro zurück.

Mein erster Gang war zu Herrn Fisch, der mich an den Firmenchef verwies, dem ich den Vorgang schilderte, den Umschlag mit dem Geld auf den Tisch legte und auf meine falsche Unterschrift des Inventarbogens hinwies. Er sagte nur das Wort „Danke", und dass ich von ihm hören werde. Wenige Stunden später wurde ich in sein Büro gerufen, wo ich dann völlig verblüfft hörte, dass ich „nicht mehr das Vertrauen der Firma" geniesse, da ich „altgediente Mitarbeiter verleumdet und strafrelevanter Taten" bezichtigt hätte. Ich könne mir an der Kasse das noch ausstehendende Gehalt abholen. Grosszügiger Weise werde er „den Vorfall" in meinem Zeugnis nicht erwähnen, waren die Abschiedsworte.

Auch wenn ich stets für meine Haltung von Freunden und Bekannten zumindest mit dem Wort „Trottel" belegt wurde, hätte ich einfach nicht anders handeln können und ich habe auch im späteren Leben keine Lehre aus dieser Erfahrung gezogen. Irgendwie muss es die Erziehung in meinem Elternhaus gewesen sein, oder man würde heute sagen, es seien die vererbten Gene… Die 5000 US$ sah ich jedenfalls nicht wieder und musste mir statt dessen einen neuen Job suchen.

Die Urwaldprovinz Beni

Nachdem ich schon etliche Monate in Oruro war, hörte ich von den Sportwettkämpfen, die der jüdische Sportverein Macabi in La Paz organisierte. Delegierte aus ganz Bolivien sollten kommen. Da ich gerne meine Freunde in der Hauptstadt besuchen wollte, schlug ich dem für die Wettkämpfe vorgesehenen Boxer aus Oruro, Stern, vor, mich als seinen Trainer und Sparringpartner mitzunehmen. Stern willigte freudig ein und erhielt in mir einen zwar nicht kompetenten, doch umso begeisterten Helfer. Er war ein ungefähr so guter Boxer wie ich, so dass sein Auftreten in La Paz eher peinlich war: Er schied bereits in der ersten Runde deutlich unterlegen aus. Mir machte das jedoch nicht viel aus, schliesslich hatte ich wie geplant meine

Freunde wiedergesehen und konnte jetzt erzählen, dass ich mal Boxtrainer war!

Meine Mutter besuchte ich natürlich auch. Einer der Gäste in ihrer Pension trug mir einen „interessanten und erlebnisreichen" Job an. Er war ein polnischer Emigrant namens Piszesman, der sich als Mitarbeiter bei den „Freien Franzosen" in Bolivien einen guten Namen gemacht hatte. Auch für die Briten sammelte er Geld zur Herstellung neuer Spitfire-Maschinen, die damals die britische Luftwaffe gegen Nazideutschland einsetzte. Mir erzählte Piszesman, dass man viel Geld damit verdienen könne, Salzblöcke aus den grossen Uyuni- oder Atacama-Seen im bolivianischen Andengebiet in den tropischen Urwald der Provinz Beni zu schaffen. Dort sei Salz etwas sehr Kostbares, da in den Tropen alles Süsse der Welt wachse, es jedoch keine Salzvorkommen gebe. Das Projekt schien mir sehr einleuchtend. Piszesman und ich machten uns also auf den Weg.

Uyuni war eine riesige, unüberschaubare Salzwüste, aus der 5-Kilo schwere quadratische Blöcke ausgestochen wurden. Die grossen Blöcke wurden sogleich in Sackleinwand gepackt, damit die enthaltene Flüssigkeit nicht zu schnell verdunstet. Wir liessen die Säcke auf einen Lastwagen laden, die Reiseroute wurde mir kurz skizziert und ich war dann auf mich allein gestellt. Die Fahrt ging über Cochabamba - die vermutlich schönste Gegend Boliviens, über die ich noch berichten werde - wieder über eine Passtrasse der Anden, wo wir vor Kälte zitterten und unseren Alkoholbestand drastisch reduzierten... Dann ging es immer steiler abwärts, direkt in die Tropenlandschaft. Alle paar Minuten entledigten wir uns eines warmen Kleidungsstückes, da die Hitze immer drückender wurde und auch der Fahrtwind durch die offenen Fenster keine Linderung brachte. Schliesslich erreichten wir mit dem klapprigen Laster auf einem Erdweg den Hafen Todos los Santos.

Hafen ist eine sehr stolze Beschreibung für einen wackligen Holzsteg am Flussufer, wo zwei kleine Boote lagen. Eines davon war ein Ruderboot, das andere ein überdachtes Motorboot, mit Hängematten an den Seitenwänden. Die Besatzung bestand aus dem Kapitän, einem verwegen aussehenden Typ, wie man ihn in Abenteuerfilme zu sehen bekommt. Der zweite Mann an Bord war Mechaniker, Koch, Matrose und für den Fischfang zuständig, was für unsere Mahlzeiten eine sehr wichtige Aufgabe war! Die Hafenbehörde verkörperte ein älterer, wohlbeleibter Herr Botega, der gleich hinzufügte, er sei auch der Bürgermeister, Polizeichef und Inhaber des einzigen Hotels, wobei auch dieser Begriff an der Realität vorbeiging, denn es war lediglich eine kleine Hütte mit zwei winzigen Zimmern, in denen die Hitze unerträglich war. Er wies auf zwei Hängematten unter den Bäumen, meinte jedoch, dass der Zimmerpreis auf jeden Fall bezahlt werden müsse. Widerspruch gab es nicht und so zog ich mit meinen wenigen Sachen im „Hotel" ein.

Inzwischen waren zwei Arbeiter aufgetaucht, die die Salzblöcke vom Laster in das Motorboot luden, nachdem ich mit dem Kapitän handelseinig geworden war. Er erklärte mir die Preisgestaltung: Die Fahrt flussabwärts dauerte bei normaler Strömung drei Tage, doch die Rückfahrt, flussaufwärts nimmt etwa anderthalb Monate in Anspruch. Während der Regenzeit braucht das Boot sogar über drei Monate um von Trinidad, der Hauptstadt der Provinz Beni, meinem Reiseziel, wieder nach Todos los Santos zu gelangen. Bezahlt werden musste folglich für die Hin- und Rückfahrt.

Am nächsten Tag legten wir früh morgens ab und fuhren durch eine wunderschöne Landschaft. An beiden Ufern des Rio Chaparé sah ich zum ersten Mal die tropische Vegetation, man hörte den Gesang unbekannter Vogelstimmen, hörte Affen und Papageien kreischen, sah die winzigen Kolibris und die Tucane mit ihren riesigen, gebogenen, gelben Schnäbeln. Es war eine für mich neue Welt, die sich bei jeder Flussbiegung veränderte, jedesmal mit neuen Überraschungen und prägenden Eindrücken. Erst gegen Abend kamen dann die lästigen Moskitos hinzu, die der Matrose mit dem Auflegen frischer Blätter auf die glühende Kohle und der dadurch entstehende Rauchentwicklung zu vertreiben versuchte. Das Essen bestand aus einem Reisbrei mit dem gerösteten Fisch, den der Koch zuvor geangelt hatte. Wir schliefen in Hängematten, während das Boot an einem Baumstamm am Ufer vertaut worden war. Auf der Fahrt wurde ich über die gefährlichen Pirañas informiert, jene kleinen Fische mit dem riesigen Maul und den rasiermesserscharfen Zähnen. Wie mir der Kapitän erklärte - was ich später auch mit eigenen Augen beobachten konnte - werden diese Raubfische von nur einem Tropfen Blut angelockt und kommen in grossen Schwärmen angeschwommen. Sie stürzen sich auf ihr Opfer und verwandeln eine ausgewachsene Kuh innerhalb einer einzigen Minute in ein Skelett! Wohlweislich hielt ich meine Hand nicht ins Wasser und verzichtete auch darauf, ein erfrischendes Bad im Fluss zu nehmen! Unser Koch- Wasch- und Trinkwasser wurde mit einem Eimer aus dem Fluss geschöpft und ich musste lernen, mich der neuen Umgebung und den Gegebenheiten anzupassen.

Nach drei Tagen und Nächten erreichten wir den Hafen von Trinidad, wobei auch dieser Hafen nur aus einem kleinen Holzsteg bestand. Am Ufer wehte jedoch die Flagge der bolivianischen Kriegsmarine, die dort die Funktion der Küstenwache versieht. Überhaupt, „bolivianische Kriegsmarine"! Sie bestand damals aus einem winzigen Kanonenschiff, das auf dem Titicaca-See fuhr, durch den die Grenze zwischen Bolivien und Peru verläuft. Das Boot war zerlegt und auf 4.000 Meter Höhe wieder zusammengesetzt worden, hatte eine Kanone an Bord, die jedoch niemals abgefeuert worden war. Es gab einige winzige Ortschaften entlang der Urwaldgebiete, wo die Marine ihre „Hoheitsfunktionen" ausübte, was in der Praxis darin bestand, die wenigen Fischerboote zu beobachten und, wenn es den Beamten zu langweilig wurde, die kleinen Schmuggler durch gelegentliches martiales Auftreten zu erschrecken. Aber in La Paz gab es einen Marinestab, mit vielen, vielen hohen Offizieren, einige davon sogar im Admiralsrang, denn - so hiess die Begründung - eines Tages wird Bolivien die von den Chilenen „geraubte" Küste am Pazifik zurückerobern und man müsse dafür gerüstet sein...

Meine Salzladung war unbeschadet auf Eselkarren verladen worden und ich begab mich in die Stadt, wo ich sofort die wenigen Lebensmittelhändler, mehrheitlich Japaner, aufsuchte und innerhalb einiger Stunden alles verkauft hatte. Eile war geboten, denn in dem heissen Klima begann die Feuchtigkeit bereits durch die Säcke zu tropfen und jeder Tropfen verringerte das Gewicht des Salzblocks. Ich sandte Piszesman ein Telegramm, überwies ihm das Geld und verblieb mit der für mich bestimmen Provision. Am nächsten Tag kam seine Antwort, wonach er vorhabe, eine Ladung Mehl nach Trinidad zu senden und ich einen bestimmten Preis doch aushandeln möge. Inzwischen, empfahl er mir, eine preiswerte Pension zu suchen und auf weitere Anweisungen zu warten. Es gelang mir auch tatsächlich, den von ihm angegebenen Preis in den Geschäften auszuhandeln, was ich ihm per Telegramm mitteilte.

Zwischen den verschiedenen Jobs, die ich für Piszesman erledigen musste, hatte ich plötzlich viel Zeit für mich, begann mich in der von einer Brasilianerin geleiteten Pension einzurichten und in der Stadt umzusehen. Zu den Kuriositäten in Trinidad gehörte auch ein Freilichtkino in einem grossen Hof gelegen. Dort gab es einen altersschwachen, sehr lauten Motor, der den Strom für das Vorführgerät lieferte. Ausser diesem Lärm kamen noch die Millionen von Insekten hinzu, die vom Licht angezogen wurden und das Bild auf der Leinwand erheblich trübten. Das

Filmgerät konnte nur eine Rolle abspielen, so dass es während des Auswechselns eine längere Pause gab, oft eine unangenehme Unterbrechung inmitten einer spannenden Situation des Streifens. Der Clou war jedoch, dass man seine eigenen Stühle mitbringen musste! So sah man vor und nach der Vorstellung ganze Familien mit Taschenlampen durch die dunklen Strassen ziehen, wobei sich die „bessere Gesellschaft" ihres Hauspersonals bediente, das die Stühle hinterhertrug, jedoch während der Filmvorführung selbst auf der Strasse hockte.

Im Gegensatz zum Altiplano gibt es in der tropischen Gegend keine Indios aus jener kargen Landschaft, da diese das heisse Klima nicht vertragen. Es leben dort hauptsächlich von Europäern abstammende Menschen, die meisten von ihnen spanischer, portugiesischer oder italienischer Herkunft. Es gab allerdings einige wenige Indios aus dem Urwald, die die Hausarbeiten und sonstigen „niedrigen" Tätigkeiten verrichteten. Es war ja der „guten Gesellschaft" absolut verboten, irgend eine manuelle Tätigkeit auszuüben.

Ich schlenderte also durch Trinidad, es war Februar 1945. Ich war noch keine 20 Jahre alt, 1.80 Meter gross, sehr schlank und hatte auch noch meine Haare auf dem Kopf! Als „neues Gesicht" wurde ich bald angesprochen, über Herkunft, meinen Aufenthalt in Trinidad und meine Geschäfte ausgefragt und zu einem Getränk eingeladen. Es gab nur ein gutes Lokal, das über einen eigenen Lichtmotor und sogar über eine Eismaschine verfügte, der Höhepunkt des Luxus in der Gegend! Entsprechend waren auch die Preise, da nicht nur die Kosten der Eismaschine, sondern auch das aus Cochabamba eingeflogene Bier in Rechnung gestellt wurden. Ich wusste also die Einladung zu schätzen. Innerhalb weniger Minuten hatten sich etwa zehn Leute um unseren Tisch geschart und ich wurde mehrfach eingeladen und besonders gebeten, an den Karnevalsveranstaltungen am darauffolgenden Wochenende in „ihrer" Gruppe mitzumachen. Nichts fiel mir leichter, als zuzusagen, da ich somit auch nicht mehr allein war. Zumal mir auch noch versichert wurde, in „ihrer" Gruppe seien die schönsten Mädchen der Stadt - was sich dann auch bewahrheitete. Ich war jedenfalls der begehrte Gringo, mit dessen Anwesenheit sie prahlen konnten, da sich sehr selten ein Ausländer nach Trinidad verirrte.

So kam es, dass ich vier Nächte zu Karneval in verschiedenen Häusern mit den „schönsten Mädchen der Stadt" tanzte und mich vergnügte. Das einzig Unangenehme war, dass es damals zum „guten Ton" gehörte, mit Hemd, Krawatte und Jackett zu tanzen und darauf grösster Wert gelegt wurde. Die Temperaturen lagen immer so um die 35 Grad Celsius, bei 99 Prozent Luftfeuchtigkeit, ohne Ventilatoren, bei zusätzlicher Wärme durch Kerzenbeleuchtung. An Klimaanlagen war damals nicht zu denken! In dieser Gruppe lernte ich auch den Provinzgouverneur kennen, der sich hier Präfekt nannte, ausserdem den Polizeichef, den Bürgermeister, Abgeordnete und sonstige „Prominente". Alle fanden mich sehr nett, so dass ich einige neue Freundschaften schliessen konnte.

Kurioser Weise waren in der Gruppe auch gleich zwei lokale Parteichefs: der von den Kommunisten und der der Nationalisten. Nachdem ich herausgefunden hatte, dass der Nationalist keine Sympathien für Nazideutschland oder den italienischen Faschismus hegte und von Rassismus überhaupt nichts hielt, wurden wir im Laufe der Zeit richtige Freunde. Später spielte er sogar in der bolivianischen Innenpolitik als Abgeordneter im Parlament in La Paz eine wichtige Rolle. Hier am Ende der Welt waren politische Einstellungen eben nicht mit jenen in Europa zu vergleichen!

Nach langem Warten traf die angekündigte Mehlsendung ein, die ich am Hafen abholte und zu den Kaufleuten schaffte.

Dies nahm nur wenige Stunden in Anspruch und ich hatte wieder viel Zeit übrig. Ich lernte zwei Deutsche kennen, die in den 20er Jahren nach Trinidad gekommen waren und dort ein grosses Handelshaus aufgebaut hatten. Sie betrieben auch Import und waren aufgrund ihrer Verbindungen zu Deutschland von den Alliierten, die damals das Sagen im Lande hatten, auf die „Schwarze Liste" gesetzt worden. Ich war deshalb nicht sehr überrascht, als sie mir eines Tages den Vorschlag unterbreiteten, eine Firma auf meinen Namen zu gründen, um weiter ihren Importgeschäften aus Nordamerika und Europa nachgehen zu können. Einer der Herren meinte, ich hätte doch so einen „schönen jüdischen Namen", so dass niemand Probleme mit der neuen Firma haben könne. Sie stellten mir eine interessante Gewinnspanne in Aussicht, doch ich lehnte das Angebot dankend ab. Die Vorstellung eines Tages mit dem Vorwurf konfrontiert zu werden, einer Firma von der „Schwarzen Liste" Unterstützung geleistet zu haben, schreckte mich ab - obschon ich wusste, dass die beiden tatsächlich nichts mit den Nazis am Hut hatten. Einem Bekannten von mir aus La Paz, der kurz danach in Trinidad eintraf, erzählte ich die Geschichte. Er hielt mich für einen geschäftsuntüchtigen Trottel und liess sich die beiden von mir vorstellen. Sie wurden dann auch handelseinig und mein Bekannter verdiente in den letzten beiden Monaten bis Kriegsende noch eine schöne Stange Geld...

Ein Te Deum zum Kriegsende

Den Tag nach dem Ende des Zweiten Weltkriegs werde ich nie vergessen. Der Bischof von Trinidad, ein Kroate, war ein glühender Anhänger der Nazis. Er erhielt vom Erzbischof in La Paz den Auftrag, anlässlich des Sieges der Alliierten ein Te Deum, eine Dankesmesse, in der Kathedrale zu zelebrieren. Er lehnte dies empört ab und wurde schliesslich mit Exkommunizierung bedroht, falls er dem kirchlichen Befehl nicht nachkommen sollte. Von dem Gezerre um die Messe erfuhr ich vom Postmeister, über dessen Tisch der Telegrammwechsel gelaufen war. Ich ging also voller Neugier in die Kathedrale, um den Auftritt des Nazi-Bischofs mitzuerleben. Das Gotteshaus war gerammelt voll. Der Bischof betrat die Kathedrale durch den Haupteingang und schritt den ganzen Mittelgang mit ausgestrecktem Arm, dem Nazigruss, entlang. Vor dem Altar drehte er sich zur Menge um und sprach, dass er von seiner vorgesetzten Instanz dazu gezwungen worden sei, dieses Te Deum zu zelebrieren. Er sei jedoch damit nicht einverstanden, zur Niederlage des „wundervollen Dritten Reichs unter seinem glorreichen Führer Adolf Hitler" diese Messe zu lesen, so dass er einen Pfarrer damit beauftragt habe. Dann setzte er sich auf seinen Sessel und verfolgte schweigend und mit bösem Gesichtsausdruck den Verlauf der Messe.

Im übrigen interessierte sich dort eigentlich niemand so richtig für das Ende des Krieges. Ich hatte eigentlich vorgehabt, die Niederlage der Deutschen zu feiern, was allerdings in einem so verschlafenen Urwaldnest wie Trinidad nicht möglich war. Alles ging seinen gewohnten Gang und ich weiss nicht, wie lange es vor der Erfindung des Radios und der Telegrafie gedauert hätte, bis wir überhaupt von diesem für die Geschichte doch so entscheidenden Ereignis gehört hätten! Ich selbst war damals sehr froh, da ich dachte, nun sei endlich alles vorbei. Aus heutiger Sicht erscheint die Niederlage der Deutschen ja beinahe selbstverständlich. Wir hatten jedoch lange Zeit befürchtet, die Nazis würden den Krieg gewinnen. Schliesslich schien es keinen Gegner zu geben, der sich ihnen wirklich widersetzen konnte. Deshalb hatte ich schliesslich auch Schweden verlassen und befand mich nun im deutlich weniger attraktiven bolivianischen Urwald, der jedoch einen entscheidenden Vorteil hatte: Er war weit, weit weg von den Nazis! Selbst die Niederlage von Stalingrad, die heute als Wendepunkt des Kriegsgeschehens gilt, kam bei uns nur als kleine Meldung an, der wir keine grosse Bedeutung beimassen.

Als nun der Krieg zu Ende war, freute ich mich sehr. Ich ahnte zu diesem Zeitpunkt jedoch noch nicht einmal ansatzweise, was für einen Preis diese zwölf Jahre verlangt hatten. 1945 wusste ich im letzten Ort Boliviens doch noch nichts von dem Ausmass der Konzentrationslager! Heute weiss ich, dass nur ein einziger meiner Vettern, die Deutschland nicht mehr hatten verlassen können, die Nazis überlebt hat - als Arzt im jüdischen Krankenhaus in Berlin. Alle anderen, meine vielen Tanten und Onkel, Cousinen und Cousins sind ermordet worden. Meine Mutter hat noch lange nach ihren drei Schwestern suchen lassen. Sie hat jedoch nicht einmal etwas über ihren letzten Weg herausfinden können. Die letzte Nachricht, die sie von meiner in Eydtkuhnen wohnenden Tante Minna und Onkel Bernhard erhielt, war eine Postkarte aus Litauen. Die beiden schrieben, dass sie sich nun sicher über die Grenze gerettet hätten...

Auf Alligatorenjagd

In dem Lokal auf dem Hauptplatz Trinidads kam ich mit drei Argentiniern ins Gespräch, die von ihrem Vorhaben erzählten, in der Gegend Alligatoren, die kleinere Art der südamerikanischen Krokodile, zu jagen. Die Häute warfen auf dem Markt guten Gewinn ab - was sie wahrscheinlich auch heute noch tun. Jetzt fehlte es ihnen nur noch an geeigneten Jägern, den erforderlichen Gewehren und Munition. Sie brauchten also einen Mittelsmann. Ich schaltete schnell, bot mich für den Job an und wurde auch sogleich engagiert. Jetzt nutzte mir meine Bekanntschaft mit dem Polizeichef, der mir ein paar alte, aus dem Ersten Weltkrieg stammende Mauser-Gewehre und etliche Kisten Munition verschaffte. Zudem kannte ich zwei Männer, die sich im Urwald auskannten und mir von ihren Abenteuern dort erzählt hatten. So konnte die Expedition starten.

Wir hatten vier kleine Holzboote, die von Indios aus der Gegend gefahren wurden. Die Jagd erfolgte in der Nacht, wenn die Alligatoren, oder Caimanes genannt, am Ufer schliefen. Denn nur am Ufer konnte man treffsicher schießen und die Häute abziehen. Wenn ein Tier ins Wasser fiel, war alles zu spät, da die Pirañas sofort Blut rochen und über den Alligator herfielen. Wir näherten uns also dem Ufer, leuchteten mit Taschenlampen auf die Tiere und versetzten ihnen einen einzigen Schuss zwischen die Augen. Dieser musste sofort tödlich sein – und war es zumeist auch. Dann wurde das Tier an Ort und Stelle gehäutet und das Fleisch in den Fluss geworfen. Die Häute wurden gesalzen, um sie vor dem Faulen zu bewahren. Schliesslich begannen die Verwesungsprozesse im Urwald auf Grund der grossen Luftfeuchtigkeit sehr schnell. Nach 24 Stunden war zumeist kaum noch erkennbar, was für ein Tier der verweste Haufen einstmals gewesen war. Ich konnte ja schon zuvor einen Revolver abfeuern und lernte nun schnell, mit einem Gewehr, das einen starken Rückschlag hatte, umzugehen. So erreichten wir rasch die von den Argentiniern vorgegebene Anzahl der zu erjagenden Caiman-Häute.

An einem der letzten Tage auf dieser Expedition wollten wir auf einer kleinen Lichtung in der Nähe des Ufers Rast machen. Wir hatten bereits all unsere Sachen an Land geschleppt und wollten uns auf die Nacht vorbereiten. Offensichtlich waren wir jedoch hier nicht gern gesehen! Denn auf einmal, ohne dass wir vorher auch nur ein einziges verdächtiges Geräusch gehört hätten, ging ein wahrer Regen an Pfeilen auf uns nieder! Wir feuerten blind zurück, und hofften nur, auf diese Weise den Angriff des Indiostammes, auf dessen Terrain wir offenbar gelandet waren, unterbrechen zu können. Wir sahen nichts und hörten nur das Sirren der Pfeile, die offenbar ausschliesslich nach dem Gehör, dafür aber sehr zielsicher abgefeuert wurden: Einer traf mich am Oberarm! Zum Glück war der Pfeil nicht vergiftet. Meine Gefährten zogen ihn aus dem Arm, gossen reinen Alkohol über die

Wunde und verbanden sie notdürftig. Wir hielten es jedoch für sehr ratsam, nicht dort zu übernachten, bestiegen eiligst die Boote und fuhren eine längere Strecke flussabwärts. Bei diesem einen Vorfall blieb es dann zum Glück!

Das Urwalddach als Landepiste

In der Pension hatte sich inzwischen ein Major der bolivianischen Luftwaffe einquartiert, René Antezana. Er sollte ein vor etlichen Jahren dort abgestelltes Flugzeug reparieren und zurück zum Flughafen La Paz bringen. Da Antezana in den USA ausgebildet worden war, sprach er ein sehr gutes Englisch und wir wurden bald enge Freunde. Ich begleitete ihn oft zum Flugplatz, wo die alte „Junkers" stand, die er mühselig wieder flott zu machen sich bemühte. Eines Tages verkündete er mir stolz, die Reparatur sei abgeschlossen und er werde morgen einen Probeflug unternehmen. Er brauche lediglich einen Copiloten und ich sei doch die geeignete Person für diese Mission. Spontan sagte ich zu und er zeigte mir die wenigen Handgriffe, für die er mich benötigte. Das Ruder hochziehen, bedeutet für die Maschine Aufstieg; das Ruder runterdrücken, heisst abwärts fliegen. Es gab ein Fusspedal für rechts und eins für den Linkskurs und was die Instrumente angehe, brauche ich mich nicht lange zu bemühen - das werde er schon selber erledigen. So kletterte ich in den Sitz der Maschine, René liess die beiden Motoren an, die Propeller drehten sich wie vorgesehen, er begann die Rollbahn entlang zu fahren, gab immer stärker Gas und rief mir dann zu, „Das Ruder hochziehen!" Ich tat wie mir erklärt worden war und die Maschine hob wirklich ab. Alles klappte bestens, wir flogen über den dichten Urwald und ich fühlte mich bereits als Herr der Lüfte und trug im Kopf schon Kämpfe mit feindlichen Maschinen aus.

Dann kam ein unangenehmes Geräusch vom linken Motor und bald sah ich den Propeller still stehen. René zeigte auf die Steuerung, ich sollte stärker nach rechts ausscheren. Doch schon bald verunsicherte mich die einsetzende Stille des rechten Motors - und auch René hatte nun beide Hände am Höhenruder! Er meinte, wir würden wohl notlanden müssen, was auch der Logik in so einem Moment entsprach, denn ganz ohne Propeller fliegt es sich nicht gut! Weit und breit war kein Landeplatz zu sehen und so beschloss er, auf den Baumwipfeln des Urwaldes die Maschine irgendwie aufzusetzen.

Es rumpelte, ratterte, man hörte, wie der Boden der Maschine von dicken Ästen aufgeschlitzt wurde. Mir kam es vor wie eine Ewigkeit, bis das Flugzeug endlich irgendwie an einem Baumwipfel hängen blieb. Nun hingen wir dort droben, etwa 40 bis 50 Meter vom Erdboden entfernt und waren beide sehr froh, den Absturz unbeschadet überstanden zu haben! Nach längerem Bemühen konnten wir auch die verklemmte Tür öffnen und hangelten uns langsam an den

Baumstämmen und Ästen zu Boden. Zum Glück hatten wir ein für uns auf einmal lebenswichtiges Element mitgenommen: die Machete, ein grosses Buschmesser. Da wir nur mit einem kurzen Probeflug gerechnet hatten, war unser Proviant allerdings eher spärlich: Eine in der Hitze völlig aufgeweichte Tafel Schokolade und einigen Zigaretten. Die konnten wir nicht einmal rauchen, da auch die Streichhölzer der grossen Feuchtigkeit nicht standhielten.

Mit leichten Schurfwunden und durch das Herabrutschen völlig zerschlissenen Hosen und Hemden standen wir schliesslich inmitten des Urwalds. Wir wussten zwar, in welcher Himmelsrichtung wir geflogen waren, was uns jetzt aber auch nicht viel weiterhalf. Schliesslich konnten wir uns schlecht auf den Rückweg zum Flughafen machen, da wir fast eine Stunde geflogen waren! Wir mussten uns also auf die Suche nach einem Fluss machen. Denn lediglich an den Flüssen wohnten Menschen und das Wasser würde uns in irgendwelche Orte führen. Wir wussten, dass die kleinen Flüsse immer in grössere münden und diese dann in Richtung Meer fliessen. Wir beschlossen also gen Norden zu gehen, um auf den nächsten Fluss zu treffen. So lange noch etwas Tageslicht durch das Dickicht schien, kämpften wir uns mühselig durch dichtes Gestrüpp, wobei wir uns mit der Machete abwechselten. Nach Einbruch der Dunkelheit war an ein Weitergehen nicht mehr zu denken, so dass wir uns an einen Baumstamm lehnten, etwas Schokolade vom Papier leckten und sogar - trotz Mücken und anderen Insekten - nacheinander einschliefen, wobei immer einer von uns Wache schieben musste.

Am nächsten Morgen ging es weiter, aus kleinen Bächen schöpften wir etwas Wasser, um den schlimmsten Durst zu löschen. Besondere Gedanken über Gesundheitsprobleme machten wir uns natürlich nicht, schliesslich wollte wir doch lieber an einer Infektionskrankheit leiden, als hier zu verdursten! Endlich, die Sonne neigte sich bereits am Horizont, erreichten wir einen Fluss. Sofort begannen wir dünne Baumstämme und Äste zu sammeln, die wir mit Lianen zusammenbanden. Diese Methode hatten wir beide in Filmen gesehen und so brauchten wir keine grossen Anweisungen, um unser Werk zu vollenden. Inzwischen war es wieder dunkel geworden und wir suchten uns grosse Blätter, die wir auf unser prekäres Floss als Schlaflager legten. Bei Tageslicht schoben wir unser Floss samt Blättern ins Wasser und liessen uns, mit zwei langen Hölzer vom seichten Flussbett abstossend, in Richtung Osten treiben - zum Atlantik.

So sassen wir auf unserem nicht sehr vertrauenerweckenden Floss inmitten dieser Pirañiasuppe und hofften, endlich auf einen Menschen zu treffen, damit wir das Ganze einmal als Abenteuer erzählen konnten! Nach etlichen Stunden entdeckten wir dann zu unserem grossen Glück eine Hütte am Ufer des Flusses. Wir gingen bereits etwas wacklig in den Knien von Bord und wurden von der Familie sehr freundlich aufgenommen. Als erstes briet man uns einen Fisch, den wir mit Bohnen serviert, mit einigem Heisshunger aufassen! Schliesslich setzte uns der Indio-Hausherr in sein Boot und fuhr uns - nun schon bedeutend sicherer und vergleichsweise konfortabel - zum nächsten Dorf. Dort lieh man uns ein grösseres Boot, mit dem wir weiter stromabwärts zogen, bis wir schliesslich eine kleine Ortschaft erreichten, in der es einen Telegrafenposten gab!

René sandte sofort ein Telegramm an seinen Stützpunkt und bat darin, auch den Gouverneur in Trinidad zu verständigen, der vermutlich eine Suchaktion gestartet haben würde. Es war jedoch bis zu diesem Moment überhaupt niemand auf den Gedanken gekommen, dass wir verunglückt sein könnten... Endlich erreichten wir die Stadt Riberalta, an der brasilianischen Grenze, wo die Marine über ein Funkgerät verfügte. René setzte sich mit seinem Vorgesetzten in Verbindung, der ein Flugzeug schickte, dass uns beide nach Trinidad brachte. Dort landeten wir zwei Tage später und waren natürlich die grossen Helden eines ungewöhnlichen Abenteuers! Kurz danach verliess René die Stadt und auch mir genügte der lange Aufenthalt im tropischen Beni.

Cochambamba, Stadt des ewigen Frühlings

Ich flog nach Cochabamba, wohin meine Mutter übersiedelt war. Cochabamba ist ein grosses, fruchtbares Tal, von einem Fluss durchzogen, wo alle Arten von Gemüse, Obst und Blumen prächtig gedeihen und auch Viehzucht betrieben wird. Im Vergleich zu den anderen Städten ist Cochabamba in meiner Erinnerung sehr sauber und gepflegt. Zu recht sagt man, es herrsche dort ewiger Frühling, denn auch zur Regenzeit geht nur ein kurzer Schauer nieder und in wenigen Minuten ist alles wieder trocken.

Meine Mutter hatte einen sehr kleinen Laden eröffnet, in dem sie Kuchen und andere Süssigkeiten verkaufte und wo es auch zwei winzige Tische zum Kaffeetrinken gab. Wieder waren hauptsächlich Emigranten ihre Kunden, doch langsam kamen auch die Bolivianer auf den Geschmack der von ihr hausgebackenen Kuchen. Nach wie vor kochte sie so gut es ging koscher. So mischte sie nie Fleisch und Milch in einem Essen. Einige der anderen Regeln konnte sie natürlich nicht beherzigen: Da es keinen koscheren Schlachter gab, musste sie normales Fleisch vom Markt verwenden und für die doppelten Geschirre - eines für Milchiges, das andere für Fleischiges, hatte sie nicht ausreichend Geld. Dennoch hielt sie sich - ganz im Gegensatz zu mir - bis an ihr Lebensende so weit es den äusseren Umständen nach möglich war - an die religiösen Gesetzte. Sie hatte eine kleine, nette Wohnung, doch ich zog es vor, mir ein möbliertes Zimmer in der Nähe zu mieten. Zu lange hatte ich nun schon alleine gelebt, um mich noch einmal auf ein Leben als „Sohn" einstellen zu wollen.

Nach wenigen Tagen fand ich eine Anstellung in einer grossen Eisenwarenhandlung, die einem aus Polen stammenden Emigranten gehörte. Ausser mir war noch ein junger Bolivianer im Laden. Um Kerosin für Küche und Ofen zu beschaffen, mussten wir mit einem Kanister zum nahe gelegenen Hauptplatz gehen, wo aus einer handbetriebenen Zapfsäule der Brennstoff gepumpt wurde. Wir erledigten diese Arbeit abwechselnd: Der Kaufmann und ich gingen mit dem Kanister ohne jedes Problem, doch der junge Bolivianer nahm sich einen „Chico", der ihm den Kanister hin- und zurücktrug. Es war ihm lieber, diesen Dienst aus seiner eigenen Tasche zu bezahlen, als sich auf diese niedere Ebene herabzubegeben! Es wäre schliesslich einem Tabubruch gleichgekommen. In Cochabamba fand ich neue Freunde und verbrachte dort etwa ein halbes Jahr. Die Stadt war aber auf Dauer gesehen doch zu langweilig. Ich wollte etwas Leben um mich herum spüren und beschloss nach einem halben Jahr, wieder nach La Paz zurück zu kehren.

Als Möbelverkäufer in La Paz

Mein nächster Arbeitsplatz war die Möbelhandlung der aus Russland stammenden, jüdischen Familie Kavlin. Vater Kavlin, ein kleiner, quirliger Mann, hatte neben seinem Beruf auch ein Hobby, das ihn zuweilen mehr als die Möbelhandlung zu interessieren schien: Er liess im Keller des Gebäudes von einem Mann Zigarren seiner eigenen Marke drehen! Vermutlich wollte er damit auch den Komplex gegenüber seinem Bruder verdrängen. Denn dieser besass nicht nur das grösste Fotogeschäft der Stadt sondern hatte ausserdem den Alleinvertrieb der meistverkauften bolivianischen Zigarettenmarke „Derby".

Zur Möbelfirma gehörte der Sohn Heriberto, der schon etliche Jahre älter als ich war. Zwischen uns entwickelte sich mit der Zeit ein sehr gutes Verhältnis, das den Rahmen dessen sprengte, was man ansonsten zwischen Chef und Angestellten kennt. Er war seit kurzer Zeit verheiratete und hatte einen Sohn. Oft lud er mich zu sich ein, so dass ich viele Abende in seinem schönen Heim verbrachte. Der Buchhalter der Firma, Gottschalk, war stets nach preussischem Beamtenmuster gekleidet und kontrollierte eifrig mit seiner Taschenuhr, ob ich auch pünktlich zur Arbeit erschien! Da ich jedoch selbst nach längeren Nächten meinen Wecker deutlich hörte, bekamen wir keine Probleme miteinander.

Unser Geschäft war sehr zentral gelegen. Wir hatten sechs riesige Schaufenster an einer der wichtigsten Strassenecke der Stadt. In der gleichen Quadra, am anderen Ende des langen, damals höchsten Gebäudes der Stadt, lag die US-Botschaft mit dem Konsulat. Direkt neben unserem Laden befand sich das moderne Kino „Tesla" und ein paar Meter weiter der Eingang zum sogenannten Nachtklub „Utama", wo am Sonntag Nachmittag zum Tanztee aufgespielt wurde. Diese Sonntage waren für uns jungen Leute sehr wichtig, da hier ausländische Orchester aufspielten - ich erinnere mich an die aus der argentinischen Stadt Rosario stammenden „Rosarino Dixielanders" sowie eine aus Mittelamerika verpflichtete „Marimba Cuxcatlán". Die Musiker spielten Jazz, Tango und „Tropical", womit Rumba, Samba und Bolero gemeint waren. Wir zahlten einen relativ geringen Preis für das Gedeck und konnten dafür zwei Stunden lang tanzen. Im „Club de La Paz", meinem ersten Arbeitsplatz in der Stadt, hatte inzwischen ein netter Italiener die erste Cafetería Boliviens eingerichtet, wo ich öfters einkehrte.

Wenn mal keine Kunde in Sicht war, stand ich mit Heriberto an der grossen Eingangstür unseres Geschäftes. Auf der Strasse kamen oft Nordamerikaner vorbei, die zum Konsulat wollten. Wir sprachen manches Mal mit ihnen, da mich der „American Way of Life" sehr anzog. Die ganze Mentalität, das open minded in den USA, das ich natürlich nur aus Filmen kannte, gefiel mir. Ich konnte immer nur vor der Leinwand träumen, sah, wie locker dort alles zuging, dass man dort echte Aufstiegschancen hatte, meine Musik, den Jazz hörte und es ausserdem viele schöne Frauen gab! Und ich selber sass hier in Bolivien fest, mit seinem Klassensystem. Endweder war man weiß und reich oder ein Mischling, der versucht nach oben zu kommen, beziehungsweise ein Indio, der nichts werden kann - und wir steckten dazwischen und waren nirgendwo dazugehörig. Wir wollten damals alle weg aus Bolivien, was den meisten im Laufe der Jahre auch geglückt ist. Die wenigsten aber schafften es nach Nordamerika, wo man nach fünf Jahren Bürger des Landes mit allen Rechten und Pflichten werden konnte - ein richtiger Amerikaner, genauso anerkannt und zugehörig, wie alle anderen!

Ich sprach also gerne mit Amerikanern, liebte auch die Sprache und freute mich jedes Mal, wenn ich einen traf. Einmal lernte ich so auf der Strasse einen führenden Mitarbeiter des US-Wirtschaftsministeriums kennen. Er war in La Paz, um seinen Kollegen in Bolivien behilflich zu sein, die Finanzen ihres Landes zu ordnen. Er lud mich in sein Büro ein, wo wir erstklassige Alkoholika konsumierten - richtigen schottischen Whisky zum Beispiel. Später trafen wir uns noch oft, wobei ich ihm einmal auch die tragische Geschichte eines meiner Schicksalsgenossen erzählte:

Es war ein hochbegabter Mann aus dem deutschen Finanzministerium der Weimarer Republik, der als rechte Hand vom damaligen Minister Hjalmar Schacht die Inflation durch die Konvertierung der Reichsmark beendete. Als Jude zur Auswanderung gezwungen, weltfremd, nicht sprachbegabt und bereits reichlich betagt, konnte er in Bolivien keinen Fuss fassen. Er musste sich damit begnügen, auf der Herrentoilette des modernen „Sucre Palace Hotels" zu arbeiten, und von den spärlichen Trinkgeldern zu leben. Irgendwie erhielt der damalige Präsident der bolivianischen Zentralbank Kenntnis von diesem Fachmann. Doch, anstelle ihn in sein Ministerium zu holen und ihm eine Gelegenheit zu geben, sein Wissen dem Land zur Verfügung zu stellen, begab sich der Zentralbankchef in die Toilette, zeigte dem Mann einige Papiere mit irgendwelchen Problemen. Der zum Toilettenputzen degradierte Mann freute sich sehr, endlich einmal wieder nach seinem Fachwissen gefragt zu werden und löste dem Bolivianer sein Problem, am Plastiktisch vor dem Pissoir sitzend. Der Zentralbankchef war froh, endlich jemanden gefunden zu haben, der ihm half und begab sich noch oftmals ins Herrenklo des Hotels - und verabschiedete sich jedes Mal dankend mit einem Trinkgeld von ein bis zwei Dollar...

In der Möbelhandlung Kavlin erschien eines Tages im Oktober ein Herr, der uns eine grosse Märklin-Eisenbahn zum Verkauf in Kommission überlassen wollte. Er meinte, dass wir die elektrische Spielzeugbahn über einige Schaufenster laufen lassen könnten, was auch für das Geschäfte attraktiv wäre. Heriberto willigte sofort ein. Die darauffolgenden Nächte verbrachten wir mit dem Aufbau der Schienen, Tunnel, Stationen, Brücken und Abzweigungen, so dass wir gleichzeitig zwei Züge fahren lassen konnten.

Sehr bald erschien eine Interessent, den wir jedoch mit der Auslieferung auf den 24. Dezember vertrösteten. Schliesslich hatten wir beide auch viel Spass an der Bahn!

Heriberto und ich teilten auch die Vorliebe für Rum. Wir Emigranten tranken damals so gut wie alles. Oft natürlich Pisco, ein bolivianischer Schnaps, der lediglich durch seinen Preis und Alkoholgrad attraktiv war - von Geschmack konnte nicht die Rede sein. Wenn aber zum Beispiel im Urwald mal kein Pisco zu bekommen war, haben wir auch Brennspiritus genommen, vermischt mit etwas Wasser und Orangensaft. Die Orangen in Trinidad wuchsen wild, also hat man sich ein paar abgeschnitten, in der Mitte geteilt und ausgepresst. Das war dann so eine Art Fruchtcocktail, den man getrunken hat. Jedenfalls habe ich keine Malaria bekommen und keine andere Tropenkrankheit. Das führe ich alles auf den Alkohol zurück, der mir sehr geholfen hat. Rum war aber eine ganz andere Kategorie - er ist bis heute mein Lieblingsgetränk! Heriberto teilte diese Vorliebe und schickte mich eines Tages auf eine kleine Reise:

Er stellte mir den Kleinlaster samt Chauffeur zur Verfügung. So fuhr ich zum Titicaca-See, durch den die bolivianisch-peruanische Grenze führt. Wir gelangten zum peruanischen Grenzort Puno, wo ich etwa 24 Kisten zu je 24 Flaschen von dem dortigen, recht guten, Rum kaufte. Mit einer Flasche der Marke „Cartavi" in der Hand stieg ich am bolivianischen Grenzposten aus - die Peruaner schauten nicht auf die ausreisenden Fahrzeuge - und ging, ein entsetzliches Spanisch stottern, auf die beiden Grenzer zu. Ich sagte, ich wisse, dass ich auf alkoholische Getränke einen Zoll zahlen müsse und wolle nicht heimlich eine Flasche ins Land schmuggeln. Ich redete wirres Zeug daher, bis sie mir zu verstehen gaben, ich möchte doch bitte so rasch wie möglich verschwinden und aufhören, sie zu nerven. So stieg ich mit meiner Flasche in der Hand zum leichenblass im Kleinlaster sitzenden Chauffeur und fuhr davon. In La Paz angekommen verkauften wir einen Teil der Ladung mit gutem Gewinn in der benachbarten „Utama", der Restbestand war für den Eigenbedarf bestimmt!

Die Emigranten-Clique

In La Paz traf ich mich oft in einer sehr buntgemischte Clique. Wir waren zu sechst, wobei Kurt Rottenstein sicher mein bester Freund war. Er stammte aus Breslau und war zusammen mit seiner Mutter und dem Stiefvater emigriert. Ausserdem gehörten zum harten Kern der Truppe noch Heini Steiner, dessen Vater Malermeister und Kommunist war; Erwin Schlesinger, ein Wiener, dessen Vater als Kürschner arbeitete; Heinz Karbaum, dessen Vater ein Sozialdemokrat war und nun einen kleinen Briefmarkenladen auf dem Hauptplatz besass, sowie ein weiter Verwandter von mir, Gerd Michelsohn, der später nach Brasilien ging und den ich viele Jahre später in

Buenos Aires wieder traf. Heini und Heinz waren Nichtjuden, was uns jedoch egal war. Es spielte keine Rolle, denn wir hatten alle vor den Nazis fliehen müssen und waren nun in einer fremden Welt. Wir alle waren grosse Jazz-Fans, hatten die gleiche Träume, begeisterten uns an den gleichen Filmen, sprachen die gleiche Sprache und wussten, dass wir ins verkehrte Land geraten waren!

Treffpunkt war meistens das von den deutschen Juden gegründete Macabi-Heim am Prachtboulevard Prado, wo auch Heini und Heinz als unsere Freunde immer gern gesehen waren. Zuvor waren wir immer in den Klub der polnischen und russischen Juden gegangen, die schon viel früher als die deutschen nach Bolivien gekommen waren. In diesem ersten Club wurde noch Jiddisch gesprochen. Wir wunderten uns zuerst, was für schlechtes Deutsch diese Leute sprachen, während sie sich über unser schlechtes Jiddisch wunderten... Da diese Alteingesessenen in der Mehrheit waren und es unter ihnen viele nette Leute gab, lernten wir dann Jiddisch. Bald wurde dann aber das Macabi-Heim gegründet, in dem fast nur deutsche Juden anzutreffen waren.

Im dem Heim gab es immer ein kleines Buffett und ein Zimmer mit einer einzigen Tischtennisplatte, wo wir oft lange warten mussten, um an der Reihe zu sein. Das Schönste für uns waren allerdings die Tanzveranstaltungen am Samstagabend! Ein altes Grammophon stand in der Ecke, das nach jeder Platte aufgezogen werden musste und man auch nicht vergessen durfte, nach jedem Lied die Nadel zu wechseln - sonst wären die Platten zerkratzt worden. So gab es zwar dauernd Pausen, doch waren wir damals ja nichts besseres gewohnt und fanden die Atmosphäre einfach herrlich, wenn wir zu Benny Goodman, Glenn Miller oder Tommy Dorsey swingten! Später kamen auch Platten von Louis Armstrong und anderen schwarzen Musikern hinzu, die wir an diesen Tanzabenden kennen lernten. Wir waren damals eine richtige Ausnahmegruppe mit Ausnahmemusik in diesem Land. Wir hatten einen Traum, unseren Traum von Nordamerika, dem wir nachhängen wollten. Der Jazz war eine wunderbare Möglichkeit, sich diesem Traum anzunähern, an das Land der unbegrenzten Möglichkeiten zu denken!. Wir kannten die USA ja nur aus Filmen, den Zeitschriften Life, Saturdays Evening Post und dem Reader's Digest, das hat unser Bild von den USA geprägt. Und der Jazz war ein Symbol für die Freiheit.

Unsere Clique traf sich auch regelmässig am Sonntag Vormittag, wo wir auf dem Prado - mit Militärmusik - unsere Runden drehten. Der einzige Zweck dieses Gehens war, zu sehen und gesehen zu werden! Wir hatten auch andere Bräuche der Pacenos, wie sich die Bürger von La Paz nannten, angenommen: Nach dem im-Kreis-gehen auf dem Prado, assen wir immer Salteñas: auf Ofenblechen gebackene Teigtaschen, die mit Fleisch und einer scharfen Sauce gefüllt sind. Drinnen befindet sich ein Stück Fett, das im Backofen schmilzt und beim Essen grosse Aufmerksamkeit erfordert, da man sich sonst bekleckert. Diese Salteñas werden um die Mittagszeit gegessen, nachmittags gab es mit Käse gefüllt Teigtaschen, die Empanadas heissen und sehr lecker sind!

Besonders vielfältig waren die Möglichkeiten seine Freizeit in La Paz zu gestalten jedoch nicht gerade. Wir gingen regelmässig ins Kino und nahmen uns dabei auch gerne eine Flasche Pisco mit, um einmal von dem tristen Alltag etwas Abstand zu gewinnen. Einmal versuchten wir auch, eine Theatergruppe zu bilden. Auch ich spielte mit, als wir schliesslich in einem gemieteten richtigen Theater ein Stück, „Zeuge der Anklage", aufführten. Bei dem einen Stück blieb es dann jedoch auch, wir hatten kein Geld mehr, um noch einmal das Theater mieten zu können.

Ein Sägewerk im Yungas

Es gab also nicht viel zu erleben, so dass ich gerne die Möglichkeit annahm, wieder aus La Paz wegzukommen. Ich fand bei der spanischen Firma Peralta eine Anstellung im nahe der Hauptstadt gelegenen Yungas, einem tropischen Gebiet. Dort stand ein Sägewerk, wo ich die Aufsicht über die Arbeiter übernehmen sollte. Hierhin konnte man nur per Lastwagen gelangen, die den gefährlichen Weg über unbefestigte, kurvenreiche Strassen befuhren. Das Sägewerk lag an einem kleinen Fluss, wo ein grosses Haus unsere Wohnungen, den Speisesaal, die Verwaltung und das Lager unter einem Dach vereinte.

Eine der häufigen Revolutionen in Bolivien hatte einen Major des Heeres dorthin verschlagen, der zusammen mit einem erfahrenen Vorarbeiter das Werk leitete. Ich hatte die Arbeit einzuteilen und die Masse für die dünnen Bretter anzugeben, die aus den Baumstämmen für Obstkisten geschnitten wurden.

Wir hatten dort zum Glück einen Dieselmotor, der auch das Wohnhaus mit Strom versorgte, so dass wir die Abende mit Gesprächen oder Büchern verbringen konnten. Es gab sogar ein Radio, und so erfuhren wir, dass es wieder eine Revolution in La Paz gegeben hatte, in deren Verlauf der Präsident, drei Minister und der Polizeichef getötet und auf dem Hauptplatz, der Plaza Murillo, an Laternen aufgeknüpft worden waren! Revolutionen standen damals in Bolivien quasi an der Tagesordnung. Für die einfache Bevölkerung änderte sich in den meisten Fällen gar nichts, und auch uns Emigranten interessierte der Name des jeweils Regierenden eher weniger. Denn schliesslich blieben die Verhältnisse immer die gleichen.

Für den Major war nun allerdings das Asyl beendet. Wenige Tage später kehrte er nach La Paz zurück und avancierte rasch zum Obersten und General!

In der Nähe des Werkes hatte die Firma Peralta einen Weg für den Lastwagen gebaut, um die in einem der Yungas-Täler gefällten Baumstämme zum Sägewerk zu schaffen. Die Arbeit im Wald wurde an Ort und Stelle koordiniert und ein Peruaner hatte dort in einem grossen, vor vielen Jahren von einem wahren Exentriker gebauten Haus, seinen Sitz aufgeschlagen. Von der einstigen Pracht war jedoch nicht viel übrig geblieben. Ein alter Mann verwaltete das Gebäude. Er pflanzte in der Umgebung Kaffeesträucher an. Das Klima und die Höhe waren ideal für die Kaffeebohnen, die er selbst pflückte, an der warmen Luft trocknete und röstete. Es war der beste Kaffee, den ich jemals getrunken habe!

Plötzlich gab es jedoch Probleme zwischen den Arbeitern und dem Peruaner, der von aufgebrachten Holzfällern regelrecht verjagt wurde und atemlos im Sägewerk eintraf, um über den „Aufstand" zu berichten. Der zufällig anwesende Firmenchef, Peralta, schaute sich in der Runde um, sein Blick fiel auf mich. Er fragte mich, ob ich bereit sei, nach „oben", dass heisst in das Haus bei den Holzfällern zu gehen, um dort zu versuchen, die „Normalität wieder herzustellen". Ich zögerte keinen Augenblick, packte ein kleines Köfferchen und zum Morgengrauen wurde ich mit dem Laster in die Berge gefahren. Doch bereits unterhalb des Hauses hatten sich die mit Äxten und Buschmessern postierten Holzfäller versammelt, die uns bedrohlich den Weg verstellten. Ich stieg also aus und begann mit dem Wortführer der „Aufständischen" zu verhandeln. Ich versprach ihm, die beanstandeten Abrechnungen zu überprüfen, selbst anstelle des Peruaners nunmehr die Arbeiten zu leiten und die Versorgung zu übernehmen. Nach kurzer Beratung mit seinen Kollegen akzeptierte mich der Wortführer und gemeinsam begaben wir uns in das grosse Haus, wo wir zusammen den wunderbaren Kaffe tranken und die nächsten Schritte besprachen. Wir kamen überein, bereits am Nachmittag die Arbeit wieder aufzunehmen, was ja auch in beiderseitigem Interesse war - schliesslich wollten auch sie Geld verdienen! Also zog ich dort ein und errichtete mein Schlaflager an unkonventioneller Stelle: Da kein anderer Platz vorhanden war und ich auch nicht auf dem Fussboden liegen wollte, schlief ich fortan über den Dynamitkisten, die für den Wegebau erforderlich waren! Immerhin habe ich darauf verzichtet, mir noch eine abendliche Zigarette im Bett zu genehmigen...

Am nächsten Tag nahm ich ein Inventar des Lagers auf. Der Chauffeur konnte noch am späten Nachmittag mit einer Holzladung ins Sägewerk zurückkehren und nahm meinen ersten, knappen Bericht an den Chef mit. Peralta erschien am nächsten Tag in unserem Lager und beglückwünschte mich, so rasch und informell alles in seinem Sinne geregelt zu haben. Ich bat ihn jedoch, sich nach einer Ablösung für mich umzusehen, da es dort weder Strom noch fliessend Wasser gab - Bequemlichkeiten, die ich im Sägewerk schätzen gelernt hatte.

Kurz danach traf ein Hauptmann des Heeres ein. Dieses Mal hatte es ihn getroffen - durch die selben Leute, die dem Major zur Rückkehr verholfen hatten, war nun er um seinen Posten gebracht worden. Das Leben in La Paz war für ihn nun nicht mehr sehr sicher, und er wollte lieber auf ein paar Kisten Dynamit schlafen! Der ständige Kreislauf der Revolutionen in Lateinamerika...

Sozialismus und ein Hauch von Zionismus in La Paz

Mein letzter Arbeitsplatz in Bolivien war wieder in der Hauptstadt, bei der Firma „Wagner & Co.", die ausländische Firmen vertrat. Chef war ein Berliner Emigrant namens Wachenheimer, der ein glühender Sozialist war und mich in einen ganz linken Kreis einführte. Meine Begeisterung hielt sich in Grenzen, es gab stundenlange Kommentare zu „Das Kapital" von Marx; Lenin wurde als leuchtendes Beispiel für sozialen Fortschritt präsentiert und auch ansonsten viel Dialektik betrieben. Ich hatte mich nie von dem Schock erholen können, den mir der Hitler-Stalin-Pakt versetzte. Das einzige sozialistische Land hatte sich mit den Nazis verbündet! Also dachte ich mir, dass auch innerhalb des ideologischen Hinterlandes etwas Vorsicht geboten war und liess mich nicht von der Begeisterung des Zirkels mitreissen.

Ein Projekt gefiel mir dennoch und ich versprach meine Mitarbeit. Es wurden Schulhefte und Bleistifte gekauft, um auf den Dörfern des Altiplanos den Indios Lesen und Schreiben beizubringen. So fuhren wir eines Tages los und besuchten den Casique, der als Ortsvorsteher das Sagen hatten. Wir waren verwundert, dass er uns eine schroffe Absage erteilte, obwohl wir versuchten ihm klar zu machen, dass die Indios ihre Rechte nur durch Bildung einzufordern in der

Lage wären. Auch in den nächsten zwei Dörfern scheiterten wir mit unserem Vorhaben. Schliesslich sagte uns der vierte Casique klar und deutlich: Von den Gringos haben wir Indios nie etwas Gutes erhalten. Ihr kommt nur her, um uns auszubeuten und eure Versprechen werden uns bestimmt keinen Vorteil bringen. „Ich rede aus jahrhundertealter Erfahrung". Das war das Ende unseres Projektes, da wir dem Mann durchaus zustimmen mussten, weil er nur eine Wirklichkeit geschildert hatte und wir ihm nicht unsere lauteren Motive erklären konnten. Er konnte sich einfach nicht vorstellen, dass Gringos einmal etwas machen würden, was ihnen nicht zum direkten wirtschaftlichen Vorteil gereichte.

Mein Chef, Herr Wachenheimer, war trotz unserer ideologischer Differenzen ein in meinen Augen sehr weitsichtiger, gebildeter Mensch. Wir führten viele politische Gespräche miteinander. Dabei erwähnte er auch, dass „der Dritte Weltkrieg wieder seinen Ursprung in Berlin haben wird". Immerhin sprach er diese Worte Jahrzehnte vor dem Mauerbau, ja sogar noch vor der Teilung Deutschlands in West und Ost. Ich dachte also im Laufe der kommenden Jahre bei jeder Krise an ihn und befürchtete, er werde Recht behalten - was bislang zum Glück nicht der Fall war. Wachheimer selbst nahm sich leider kurze Zeit nach meiner Abreise aus Bolivien das Leben.

Als die Vereinten Nationen die Gründung eines jüdischen Staates beschlossen, herrschte im Macabi-Heim Hochstimmung und es wurde ausgelassen gefeiert. Wenige Tage später verübte eine unselige

Allianz deutscher Nazis und Bolivianer arabischer Abstammung eine Reihe von Anschläge gegen jüdische Geschäfte. Sie warfen Schaufenster ein und schlugen überdies einige ältere Emigranten auf dem nächtlichen Heimweg. So beschlossen wir im Macabi-Heim einen Selbstschutz zu organisieren, da wir von den Behörden keinerlei Schutz zu erwarten hatten. Die Nazis hatten mehr Geld als wir und konnten die Polizisten bestechen, damit sie keine Untersuchungen über die Vorfälle anstellen. Es gab nur zwei Fahrzeuge, über die wir verfügten und so begannen wir Patrouillenfahrten durch die Stadt. Wir waren mit Knüppel ausgerüstet und stiessen bald auf einen Kleinlaster, auf dem eine Gruppe uns bekannter Nazis fuhren, die einen Haufen Steine auf der Ladefläche hatten. Es kam zu einer kurzen, intensiven Prügelei, in deren Verlauf die vier deutschen Nazis und drei Araber krankenhausreif geschlagen wurden. Wir waren so fair, sie mit ihrem eigenen Fahrzeug vor einem Hospital abzusetzen. Wir verabschiedeten uns von ihnen, dies sei nur ein Vorgeschmack von dem was sie erwarten würde, wenn sie weiter machen sollten. Damit war der Spuk beendet. Die Methode war zwar nicht die feine Art, doch seitdem - auch als der Staat Israel dann proklamiert wurde - kam es nicht wieder zu Ausschreitungen gegen Juden in Bolivien...

Adiós Bolivien

Inzwischen war der Krieg in Europa schon drei Jahre vorüber, und ich sass immer noch im ungeliebten Bolivien fest. Eine Auswanderung in die USA, meinem Traumland, kam schon aus sehr naheliegenden Gründen nicht in Frage: Ich hatte keinen Pass. Schliesslich war mir lediglich für die Reise von Schweden nach Bolivien noch ein Dokument ausgestellt worden, das seine Gültigkeit bei der Ankunft in La Paz verloren hatte. Nun war ich ausgebürgert, kein Deutscher mehr, aber auch nicht Bolivianer geworden. Israel war inzwischen gegründet worden, so dass ich eine Weile überlegte, ob ich mich vielleicht um eine Überfahrt nach Tel Aviv bemühen sollte, um dort ein neues Leben anzufangen. Die Aussichten, in der Wüste zu sitzen und noch einmal von vorne eine neue Sprache lernen zu müssen, erschienen mir jedoch nicht sehr verlockend. Also überlegte ich gemeinsam mit meinem Freund Kurt Rottenstein, welches Ziel erreichbar erschien und eine echte Verbesserung gegenüber Bolivien darstellte. So beschlossen wir, nach Buenos Aires zu gehen. Eine Stadt mit Hafen, dicht am Meer gelegen und geprägt von europäischen Einwanderern. Wir nahmen an, dass die Lebensqualität und Offenheit der Stadt deutlich höher als in La Paz sein müsste.

So wurde geplant, über die „grüne Grenze" nach

Argentinien zu gelangen. Der Zeitpunkt musste sehr genau ausgewählt werden, da wir schliesslich beide weder über Pass noch Visum verfügten und Acht geben mussten, nicht erwischt zu werden. Wir entschlossen uns, zur Karnevalszeit zu fahren. Kurt und ich bestiegen den Zug mit zwei Fahrkarte nach Villazón, wo wir über die Brücke zu Fuss nach La Quiaca in Argentinien gehen wollten. In unserem Abteil sassen zwei Vertrauen erweckende Bolivianer, denen wir unsere beiden Koffer mit dem Hinweis anvertrauten, am nächsten Morgen wieder den Zug zu besteigen. Die Bahn machte nämlich über Nacht eine Pause auf der Fahrt nach Buenos Aires, da eine andere Lok und neues Personal vonnöten waren. Die Bolivianer, in solchen Dingen zum Glück auch nicht sehr gesetzestreu, waren von unserem Vorhaben fasziniert und versprachen uns ihre Mithilfe. So schlenderten wir ohne Gepäck und mit selbstverständlicher Miene, Gelassenheit vortäuschend, an den Grenzposten beider Länder vorbei. Es war Karnevalsstimmung, und niemand interessierte sich für uns! Wir trauten uns jedoch nicht in ein Hotel und verbrachten die Nacht zur Sicherheit auf einer Parkbank.

Am nächsten Tag gingen wir zum Bahnhof. Auch hier herrschte Feststimmung und alles war beflaggt. Allerdings war der Anlass ein politischer: Überall hingen Plakate „Die Eisenbahnen sind unsere", da Präsident Perón die Bahnen kurz zuvor verstaatlicht hatte. Wir lösten also unsere Fahrscheine nach Buenos Aires, stiegen in das Abteil zu unseren Mitreisenden, wo wir mit grossem Hallo begrüsst wurden. Auch unser spärliches Gepäck lag noch an seinem Platz. Auf der Station Güemes wurde der Zug gewechselt und nach zwei Tagen waren wir in Buenos Aires. Wir waren begeistert, nach langer, langer Zeit mal wieder in einer richtigen, grossen Stadt zu sein, die uns wie eine echte Metropole erschien!

Bildteil

Grosseltern Ephraim und Traube Grünberg mit Ihren Töchtern: Hilda, Minna, Doris, Cecilia und Frieda in Strassburg (Westpreussen)

Onkel Max Grünberg

Grossvaters Geschäft in Strassburg

Verlobungsbild von Frieda und Hermann Finkelstein

Hermann Finkelstein in der Wachstube im Ersten Weltkrieg (zweite Reihe, dritter von rechts, mit Pickelhaube)

Werner Max mit seinem Vater Hermann Finkelstein

*Familienausflug ins Ostseebad Kranz
(Werner Max auf dem Schoss seines Vaters)*

*Werner Max Finkelstein mit dem Auto seiner
Eltern (Gumbinnen)*

*Silberhochzeit von
Frieda und Hermann
Finkelstein*

Erster Schultag, 1931

Schulklasse in Gumbinnen - Werner Max zweite Reihe, vierter v. l.

Religionsklasse unter Leitung von Vorbeter Wasser (vor ihm Werner Max)

Innenansicht der Synagoge in Gumbinnen

Hochzeitsfeier von Rabbiner Fritz Cohn und Meta Finkelstein im Hause Finkelstein. Werner Max ganz rechts

*Werner Max
Finkelstein 1936*

*Werner Max mit
Mutter Frieda
Finkelstein*

*Verabschiedug auf
dem Bahnnof vor
Antritt des Kinder-
transportes nach
Schweden:
Mutter Frieda,
Werner Max,
Cousine Lia, Vetter
Hermann*

Das Kinderheim in Helsinggarden bei Falun (Schweden)

Die 60 Heimkinder, Werner Max: 1. Reihe, dritter von rechts

Fahrt von Japan nach Chile auf der Ginyo Maru (Mai 1941)

Erster Arbeitsplatz in La Paz (Bolivien, 1941)

Frieda Finkelstein vor ihrem kleinen Café in Cochabamba (Bolivien, 1943)

Werner Max Finkelstein kurz nach der Ankunft in Buenos Aires, 1949 ...

...im Hot Club de Buenos Aires, 1950

...in Mar del Plata auf dem Weg zum Konzert (ganz links)

Hildegard Strauss (Pitchi), 1950

Werner Max Finkelstein mit Frau Marion und den Kindern Mónica Carolina und Miguel Germán in Miramar

Die Redaktion des "Argentinischen Tageblattes". Im Vordergrund Chefredakteur Peter Gorlinsky, hinten links Werner Max Finkelstein

Werner Max Finkelstein in der Redaktion des "Semanario Israelita"

Vetterntreffen in Israel 1982: Egon (Moshe) Holz, Werner Max, Manfred (Menachim) Holz und Heinz (Zwi) Rubinstein

Pflanzen eines Baumes in Jerusalem

*Verleihung des Bundes-
verdienstkreuzes Erster
Klasse, mit Botschafter
Pabsch 1993*

Beim "Bolivianer - Treffen" mit Co - Veranstalter Werner Heymann

Werner Max Finkelstein vor seiner ehemaligen Schule in Gumbinnen (Gusev), 2000

Monika und Heiner Hartmann, Werner Max und Kerstin auf der Trabrennbahn Mariendorf (Berlin, 2001)

Familentreffen auf Kuba 2001:
Werner Max, Max, Nora, Karin, Kerstin und Miguel

Werner Max mit Kerstin

Buenos Aires - eine neue Welt

Kurt und ich hatten kaum Geld bei uns und auch nur eine einzige Adresse: die von Heini Steiner, der anderthalb Jahre zuvor unter ähnlichen Umständen wie wir jetzt nach Buenos Aires gefahren war. Wir fuhren dorthin, und kamen am späten Nachmittag guten Mutes an. Auf unser Klingeln öffnete uns ein netter Herr, selber Emigrant, den wir nach Heini fragten. Er schüttelte den Kopf und sagte, dass der junge Mann seit etlichen Wochen nicht mehr bei ihm wohnte und jetzt im Klubhaus des Vereins „Vorwärts" in Quilmes lebe. Genau so gut hätte er uns den Namen eines Ortes in Hindustan nennen können, denn wir hatten natürlich keine Ahnung, wo Quilmes liegt und schauten uns nur ungläubig und erschöpft ob des Misserfolges an. Der nette Herr erkannte sofort unsere Situation und sagte uns, er müsse sowieso noch heute abend nach Quilmes fahren und würde uns gerne mitnehmen.

Quilmes ist ein südlicher Vorort der Hauptstadt und lag von der Wohnung des Mannes etwa eine Stunde mit dem Auto entfernt. Unterwegs lud er uns zu einem Kaffee mit Hörnchen, „Medialunas", die in Argentinien sowohl zum Frühstück als auch zum Nachmittagskaffee verzehrt werden, ein. Gegen Abend erreichten wir den grossen Sportplatz mit Klubhaus in Quilmes. Der „Vorwärts" war ein von Sozialisten gegründeter Verein, der später mehrheitlich von jüdischen Emigranten genutzt wurde, da hier ein Klima echter Toleranz und Offenheit vorgefunden wurde und niemand nach Religion oder Herkunft fragte, oder sich gar über die „Rasse" einer Person ausliess.

Als uns Heini sah, waren seine ersten Worte: „Was macht ihr denn hier, habt ihr wenigstens viel Geld?" Uns sprühte also nicht gerade die erwartete Wiedersehensfreude entgegen! Heini selbst arbeitete als Anstreicher, was ganz gut bezahlt wurde, doch musste man über Berufserfahrungen verfügen - die hatten wir beide nicht. So meinte er, das beste wäre, wir kauften uns am nächsten Tag „La Prensa" und sähen die Stellenangebote durch. Allerdings werde uns vermutlich niemand einstellen, denn wir seien ja „Illegale". Wir waren begeistert über Empfang und Aussichten und bezogen unser Nachtquartier: eine Sporthalle, wo es sehr heiss war und die Moskitos uns zu schaffen machten.

Am frühen Morgen bestiegen wir den Bus in das Centrum und gingen zur damals elegantesten Fussgängerzone, der Calle Florida. Hier gab es grosse Kaufhäusern, viele Geschäfte und Lokale. Wir gingen von Lokal zu Lokal und boten uns - immer einzeln - als Tellerwäscher an. Man schaute uns nur mitleidig an und meinte, dies sei kein Job für einen Gringo. Tellerwäscher würden nur Analphabeten oder Indios. Enttäuscht und inzwischen etwas mutlos gingen wir durch die Prachtstrasse und überlegten, was wir tun könnten. Kurt erinnerte sich an einen Bekannten in La Paz, der ihm Grüsse an einen Vetter aufgetragen hatte und fand in seiner Tasche die Adresse. Wir hatten damals keine Ahnung, dass eine Strasse kilometerlang den gleichen Namen trug und als wir „Avenida Corrientes" lasen, glaubten wir uns bereits in der Nähe des Vetters. Bei grosser Hitze marschierten wir los. Auf unserem Weg kamen wir an der riesigen Halle des damaligen Hauptmarktes vorbei, wo wir etwas Obst kauften. Über zwei Stockwerke zogen sich die Stände mit Obst, Gemüse, Fleisch, Fisch und sonstigen Lebensmittel unter der enormen Kuppel hin, die einer sehr grossen Bahnhofshalle glich. Wir hatten beide so etwas noch nie gesehen und staunten sehr.

Immer weiter zog sich die Strasse, bis wir schliesslich um die Mittagszeit in einem kleinen Laden mit Elektrogeräten ankamen. Dort sass eine freundliche Dame, die uns sagte, ihr Sohn käme erst in einer Stunden, doch wir können uns auf den Stühlen im Geschäft ausruhen. Es war eine aus Russland stammende, jüdische Familie, mit der sich bald ein längeres Gespräch entspann. Die Frau merkte schnell, wie es um uns bestellt war und bat uns, zum Mittagessen zu bleiben. Pro forma sagten wir, zögernd und hungrig wie wir waren, nein, doch bei der zweiten Einladung nickten wir nur dankbar mit den Köpfen. Wir konnten uns mit der Frau auf Jiddisch unterhalten, das wir ja in La Paz gelernt hatten. Nach etwa einer Stunde kam auch tatsächlich der Vetter, José Taub, an, dem wir die Grüsse ausrichteten. Bereits am Mittagstisch sitzend erzählten wir ihm unsere Geschichte. José bot sich sofort an, nach dem Essen zwei bekannte Grosshändler der Elektrobranche aufzusuchen, um für uns eine Arbeit zu beschaffen, für die wir keine Papiere brauchten. Dort fanden wir auch tatsächlich noch am gleichen Tag eine Arbeit! José Taub erwies sich als sehr grosszügig: Er führte uns in einen Laden, wo er jedem von uns einen neuen Anzug kaufte und noch jeweils 100 Pesos dazulegte - fast das zu erwartende Monatsgehalt in den Firmen: „Wenn ihr anfangt, etwas zu verdienen, könnt ihr mir das Geld irgendwann zurückzahlen". Wir haben ihn nicht enttäuscht, denn nach nur drei Monaten war unsere Schuld getilgt.

Mit barem Geld in der Tasche, mit einem neuen Anzug am Körper und mit einem Posten für den kommenden Montag kehrten wir in den „Vorwärts" zurück. Uns war jetzt deutlich wohler! Tags darauf kamen die zahlreichen Mitglieder des Vereins, so dass wir schnell etliche junge Leute kennen lernten. Zwei von ihnen lebten in einer Pension im Stadtteil Belgrano, wo sich die meisten jüdischen Emigranten aus Deutschland angesiedelt hatten. In der Pension waren noch zwei Betten frei, so dass wir am Sonntag abend dorthin fuhren. Es waren wirklich zwei Betten frei - nicht Zimmer: Wir schliefen zu fünft in einem Raum. Gegenüber den Übernachtungen in der Sporthalle hatten wir allerdings einen grossen Fortschritt gemacht: Es gab Betten! Zwei Nägel an der Wand dienten als Schrankersatz und reichten auch für unsere spärliche Kleidung. Der Koffer fand unter dem Bett Platz.

Im Elektrogrosshandel

Am Montag morgen trat ich die Arbeit bei der Firma „Milton SRL" auf der Avenida Corrientes 1686 an. Es gab drei Chefs: Ricardo Roses und seinen Sohn José sowie „Micky" Brodsky. Alle stammten aus Russland. Im Laden waren neben mir noch sechzehn weitere Personen angestellt. Fünf von ihnen waren ebenfalls aus Russland stammende Juden, die anderen katholische Argentinier. Ich war für die Korrespondenz sowie die Ausstellung von Rechnungen für die Lieferungen ins Landesinnere zuständig. Also musste ich mich schnell mit den Namen der Ortschaften und der jeweiligen Bezeichnung der Bahnlinie vertraut machen, an denen die Städte und Dörfer lagen. Denn nur mit der genauen Bezeichnung der inzwischen verstaatlichten Bahnlinien, die alle von Perón umbenannt worden waren, gelangten die Pakete und Briefe an ihren Bestimmungsort. Heutzutage ist die Entwicklung fortgeschritten: Man verwendet Postleitzahlen!

In der Firma schloss ich auch rasch Freundschaft mit dem Buchhalter, Arturo Griffith, einem ungewöhnlich dunkelhäutigen Paraguayer. Er nahm mich am darauffolgenden Sonntag in „seinen" Fussballklub mit, „River Plate". Noch heute bin ich ein „Hincha", Fan, des Clubs und freue mich, wenn er an der Tabellenspitze steht! Ich wurde Mitglied des

Vereins, spielte Tischtennis, fuhr Rollschuh und sah alle Heimspiele der Mannschaft, die mehrfach die Meisterschaft gewann!

Nach wenigen Monaten verliess ich die Pension in Belgrano und bezog gemeinsam mit einem der Arbeitskollegen eine näher gelegene Bleibe. Von hier aus konnte ich zu Fuss zur Firma gehen, was mir besonders mittags gelegen kam, da wir zwei Stunden schlossen und ich mit Vollpension gemietet hatte. Am Wochenende fuhr ich gelegentlich zum „Vorwärts", wo ich Kurt und Heini traf. Kurt hatte bereits eine feste Freundin und stand kurz vor der Hochzeit. Es war Ruth Hammerschlag, die aus einem streng religiösen Haus kam. Das nahm Kurt jedoch in Kauf, weil er nun ein festes zu Hause erhielt und nicht mehr in wechselnden Pensionen leben musste.

Meine Chefs waren sehr freundlich zu mir. Besonders der Senior der Firma, Don Ricardo, half mir sehr. Er schickte mich in das damals grösste Kaufhaus auf der Strasse Florida, „Gath & Chavez", wo ich mich auf Kredit einkleiden sollte und er sich anbot, die Garantie zu unterschreiben. Der Kassierer der Firma war ein pensionierter Polizeioffizier namens Jorge Spadaro, der mir auch sehr wohlgesonnen war. Wenige Wochen später gab es eine der damals regelmässigen Amnestien für „Illegale". Jorge Spadaro begleitete mich zum Polizeipräsidium, um mir beim Antrag auf den Personalausweis behilflich zu sein. Ich hatte das so ersehnte Dokument somit nur wenige Tage später in Händen und war nun legal in Argentinien. Die Furcht vor einer Razzia hatte ihr Ende!

Nach etwa sieben Monaten bei Milton traf ich Heini wieder, der inzwischen bei der Werft der Kriegsmarine in Rio Santiago als Anstreicher arbeitete. Rio Santiago liegt unweit von La Plata, der Hauptstadt der Provinz Buenos Aires, etwa 45 Kilometer von der Bundeshauptstadt Buenos Aires entfernt. Er überredete mich, mit ihm zu arbeiten, so dass ich bei Milton kündigte. Ich zog in die grosse, zum Teil leerstehende Wohnung von Heini. Meine Arbeit bestand darin, die neu errichteten riesigen Werfthallen von innen anzustreichen, wobei zwei aneinander gebundene je sechs Meter hohe Leitern benutzt werden mussten. Ich kletterte also mit meinem Farbeimer die wacklige Konstruktion hoch, strich, so weit meine Arme reichten, kletterte herunter, schob die Leiter einen Meter weiter, stieg wieder hoch... und dies den ganzen Tag lang! Der Verdienst war zwar sehr gut, doch die körperliche Arbeit lag mir überhaupt nicht. Mein Eindruck war, dass ich in Schweden beim Kalken der Hühnerställe, Holzsägen, Latrinenreinigen und Kühe melken schon genug körperliche Arbeit für das ganze Leben geleistet hatte! Nach nur einem Monat gab ich den Job auf und kehrte reumütig zu Milton zurück. Die drei Chefs waren sehr froh, mich wieder zu sehen, denn sie hatten gleich drei neue Leute anstellen müssen, die zusammen meine Tätigkeit versahen, und dennoch nicht zufriedenstellend arbeiteten.

Abgeworben

Nur knappe 100 Meter von der Firma Milton entfernt befand sich eine ebenfalls in der Elektrobranche tätige Firma namens „Sade". Die Firma war von Fritz Reich, aus Wien und Hermann Kamp aus der Gegend von Frankfurt gegründet worden. Drei Emigranten waren als Handelsreisende beschäftigt, die in ganz Argentinien Glühlampen, Neonröhren und andere Artikel verkauften. „Hermi" Kamps Eltern lebten in Cochabamba, wo sie eine Fleischerei besassen. Frau Kamp, eine Nichtjüdin, war die beste Freundin meiner Mutter geworden und hatte ihren Sohn gebeten, sich doch in Buenos Aires um mich zu kümmern.

So wurde ich erneut „abgeworben", diesmal in ein fast rein deutschsprachiges Ambiente. Denn es gab nur eine spanische Sekretärin, Julia, und einen ebenfalls spanischen Laufburschen, Ramón López Pequeño. Ich war mit allen schriftlichen Arbeiten betraut und fühlte mich dort sehr wohl, schliesslich hatte ich ein eher freundschaftliches Verhältnis zu Hermi und Fritz Reich und es wurde viel gealbert, was mir sehr lag und noch heute liegt. Die Firma war eine der ersten, die damals Longplay-Schallplatten importierten. Wir führten auch die erforderlichen Nadeln ein, da neue Geräte die bisher üblichen Grammophone ablösten. Reich war ein Plattennarr und hatte eine beeindrukkende Sammlung in seiner

Wohnung. Ich war oft zu Gast bei beiden Firmenchefs und wurde auch zu Geburtstagsfeiern und sonstigen familiären Anlässen eingeladen.

Aber diese „beinahe Verwandten" waren nicht die einzigen Kontakte, die ich über meine Mutter in Buenos Aires hatte. Sie hatte mir auch von einer entfernten Verwandten berichtet, Tante Johanna, die sie noch aus ihrer Kindheit kannte. Tante Johanna war mit ihren Kindern nach Buenos Aires gekommen. Sie war damals etwa 80 Jahre alt. Eine ihrer Töchter, Hilde, arbeitete als Maniküre in einem noblen Friseursalon, eine andere Tochter lebte mit einem ehemaligen SS-Mann, den ich später als einen überaus freundlichen Herren kennen lernte, in Peru. Ein Sohn hatte einen gutgehenden Betrieb aufgebaut, in dem künstliche Blumen hergestellt wurden und ein weiterer Sohn war Importvertreter. Diese Familie Friedländer kannte viele Menschen in der Stadt, was uns weiterhalf, als sich meine Mutter 1950 entschloss, mir nach Buenos Aires zu folgen. Sie löste ihr kleines Geschäft und den Haushalt in Cochabamba auf und kam eines Tages in Argentinien an. Nach ihrer Ankunft empfahlen ihr die Friedländers, sich an Heriberto Weinberg zu wenden, der im Vorort Florida ein Möbelgeschäft besaß und sich bestens auf dem Wohnungsmarkt auskannte. Wir hatten Glück und konnten schnell hinter seinem Laden eine separat gelegene Wohnung für wenig Geld beziehen und begannen uns einzurichten.

Meine Mutter konnte einfach nicht untätig sein und begann eines der Zimmer an zwei aus Ungarn stammende junge Männer zu vermieten, die das KZ Auschwitz überlebt hatten. Der ältere war Konditor, der jüngere arbeitete bei einem Textilfabrikanten. Aus ihrem Munde erfuhr ich viele der tragischen Ereignisse in jenen Lagern und war immer erneut darüber betroffen, wie sorglos ich jene Tage verbracht hatte, als Gleichaltrige von mir tagtäglich mit Kälte, Hunger und Tod konfrontiert wurden. In diesen Jahren, als wir Emigranten nach und nach die Wahrheit aus den Konzentrationslagern erfuhren, änderte sich auch unsre Sicht auf das eigene Schicksal. Man hatte unserer Gruppe sehr viel genommen: Heimat, Bildungschancen, Karrieren, Geld, soziale Stellung, Verwandte und einen Gutteil der eigenen Identität. Wenn wir jetzt aber die Geschichten derer hörten, die nicht mehr aus Europa hatten fliehen können und in Lagern gewesen waren, erschien uns das eigene Erleben auf einmal recht klein - zumal diese Menschen immerhin noch erzählen konnten...

Perón - der argentinische Faschist

Während meiner ersten Jahre in Argentinien regierte Gereral Perón das Land, der heute auch in Deutschland recht bekannt ist. Argentinien hatte damals bereits eine lange Geschichte voller Militärputsche hinter sich. Alles begann schon in den 1930er Jahren, unter dem Eindruck der

Weltwirtschaftskrise, in deren Sog auch Argentinien geraten war. Damals wurde Präsident Irigoyen durch einen Putsch abgesetzt. Seither haben die Militärs oftmals nicht nur gegen zivile Regierungen, sondern auch gegen sich selber geputscht. Einer nach dem anderen kam da mal an die Macht. An einem Umsturz wirkte auch Perón aktiv mit. Er begann als Minister für soziale Wohlfahrt und übernahm auch das Arbeitsministerium. Damals verschaffte er den Arbeitern gewisse Rechte, die 40 Stunden Woche, jährlichen Urlaub, Weihnachtsgeld und für die Frauen Mutterschutz. Später gab es dann auch das Wahlrecht für Frauen.

Auf Grund von Spannungen und Intrigen innerhalb der Militär-Junta verbannte man ihn 1945 auf eine Insel, die Isla Martín García, die vor Buenos Aires liegt. Da wurden übrigens auch die Graf-Spee-Matrosen nach der Versenkung ihres Panzerkreuzers interniert. Später kam auch noch ein anderer Präsident, Arturo Frondizi, dorthin. Eine sehr schöne Insel mit wechselnder Bevölkerung... Zur Zeit von Peróns Verbannung auf diese Insel trat dann die berühmte Evita, Peróns Frau, in Erscheinung. Sie mobilisierte die Gewerkschaften. Alle Arbeiter legten damals die Arbeit nieder, gingen auf die Straße und forderten die Rückkehr von Perón. Er kehrte zurück und gewann anschliessend die Wahlen vom Februar 1946.

Am Anfang war das peronistische Regime auch noch zumindest eingeschränkt sozial ausgerichtet. Die Gewerkschaften wurden von Perón hofiert. Er verstaatlichte in den ersten Jahren viele Industriezweige, unter ihnen die Telefon- und Eisenbahngesellschaften. Außerdem wurden zur Förderung der einheimischen Industrie auch Importverbote verhängt und Devisengesetze eingeführt. Perón verstand es durch all diese Dekrete und Gesetzte, die Mehrheit der Bevölkerung hinter sich zu bringen.

Perón war in meinen Augen kein Nazi, eher schon ein Faschist. Er orientierte sich an Mussolinis Sozialgesetzgebung, verfolgte aber nicht den Rassismus und die Welteroberungsträume von Hitler. Sein Verhältnis zu den Juden war sogar hervorragend! Bei der Abstimmung über die Gründung des jüdischen Staates in Palästina hatte sich Argentinien zwar noch der Stimme enthalten, aber Israel dann sofort anerkannt und diplomatische Beziehungen aufgenommen. Ein Jude wurde als argentinischer Botschafter nach Israel geschickt. Perón wurde wohl ein Opfer seiner eigenen faschistischen Überzeugung, wonach die Juden die Weltherrschaft haben. So dachte er, es wäre vielleicht besser, sich mit denen gut zu stellen! Dabei waren die Militärs, zu denen Perón ja gehörte, fast alle ausgesprochene Nazis und Antisemiten. Für sie war das deutsche Heer das Vorbild an Ordnung und Disziplin. Bis heute hinzu ist noch nie ein Jude in Argentinien Offizier geworden.

Die Militärs hatten auch nichts dagegen, dass nach dem Krieg Nazis aus Deutschland nach Argentinien kamen, besonders dann nicht, wenn diese Katholiken waren. Diese reisten damals bequem mit Pässen des Vatikans! Es gibt Gerüchte, dass Perón es sich hat gut bezahlen lassen, dass hohe Nazis ins Land durften. Tatsache ist, dass zahllose Kriegsverbrecher, Deutsche, Österreicher, Kroaten, Serben, Ukrainer und Letten in Buenos Aires sesshaft geworden sind. Mengele und Eichmann gehörten auch dazu. Der Bevölkerung und uns Emigranten war das zunächst nicht bekannt. Wir haben erst Jahre später erfahren, dass Eichmann und Mengele im Land waren! Wir deutschen Juden hatten ja auch zu den anderen Deutschen kaum Kontakte. Schliesslich war die „deutsche Kolonie" in ihrer Mehrheit begeistert über Hitler gewesen, weshalb beidseitig kein grosses Bedürfnis bestand, sich kennenzulernen…

Aber nicht nur Perón selbst, auch seine Frau „Evita" war in der argentinischen Bevölkerung sehr beliebt. Sie kam aus sehr armen Verhältnissen und gründete die Stiftung „Eva Perón". Die Arbeit dieser Stiftung bestand darin, bei allen Industriellen und Kaufleuten Waren zu sammeln, um sie an die Armen zu verschenken. Die meisten der Geber sahen nie einen Pfennig von dieser Stiftung. Wenn eine Rechnung kam, schrieb Eva Perón „Vielen Dank für ihre Spende" drunter und schickte sie wieder zurück. Wenn einmal jemand darauf bestand, dass die Lieferung auch bezahlt werden müsste, erschienen in den folgenden Tagen alle Kontrolleure, die es so gibt. Da wurden die Steuern und die Hygiene, die Arbeitsbedingungen und der Lärm überprüft. Irgendetwas fand man immer, so dass der Betrieb dann geschlossen wurde. Die größte Bonbonfabrik, MuMu hieß sie, wurde zum Beispiel geschlossen, weil dort auf einmal Ratten gefunden wurden - von den Inspekteuren, die nach einer angeforderten Begleichung einer Rechnung ins Haus gekommen waren. Diese Fabrik wurde später enteignet. In dem einen Quader grossen Gebäude brachte man statt dessen die Atomkommission unter. Die Menschen gingen zu Evitas Stiftung, sagten, was sie brauchen und egal, ob das dann ein Bügeleisen, ein Bett, eine Nähmaschine oder ein Häuschen war, sie bekamen es. Diese Art der „Sozialpolitik" schadete allerdings nicht nur den Unternehmern, auch die Goldreserven des Landes waren schnell komplett aufgebraucht.

Alles, was die beiden Peróns machten, hatte gigantomanische Ausmaße. Es wurden zum Beispiel riesige Stadien gebaut, wobei alle neuen Gebäude, Straßen, Stadien und Plätze natürlich nach den beiden benannt wurden. Alle Hauptstraßen hießen entweder Juan Perón oder Eva Perón. Die Bahnhöfe hießen Juan Perón oder Eva Perón. Die Plätze hießen Juan und Eva Perón. Zwei Provinzen wurden nach Juan und Eva Perón benannt. Die Stadt La Plata, die Hauptstadt der Provinz Buenos Aires, hieß damals Eva Perón. Es war ein widerlicher Persönlichkeitskult.

Nach Evitas Tod 1952 war eine Woche Nationaltrauer in Argentinien. Die Busse und Bahnen verkehrten nur zum Kongress, wo sie aufgebahrt war. Die Zeitungen schrieben ausschließlich Lobeshymnen auf ihr Leben, sonst durften keine Artikel erscheinen. Die Menschen standen tagelang bei jedem Wetter Schlange, um an ihrem Sarg vorbeizuziehen. Straßenzüge waren voll mit Blumen und Kränzen, es war eine Art Trauer-Ausnahmezustand. Da auch die Post nicht arbeitete, fuhren viele Geschäftsleute zum Flughafen, um dort ihre Briefe einem Piloten oder einer Stewardess mitzugeben... Es wurde dann beschlossen, ihr ein Mausoleum im Zentrum der Stadt, in der vornehmsten Gegend zu bauen. Evita hatte nämlich Zeit ihres Lebens einen Hass auf die Damen der sogenannten besseren Gesellschaft, weil diese sie niemals anerkannten. Sie war für jene immer nur eine mittelmäßige Schauspielerin aus armen Verhältnissen geblieben und wurde verachtet. Denen hatte sie zeigen wollen, wie eine Frau des Volkes aufsteigen, es zu etwas bringen kann.

Der Bevölkerung ging es unter Perón relativ gut. Nur die ganz Reichen wurden eben nicht mehr reicher, weil auch sie sich an zahllose Bestimmungen halten mussten. Die Korruption wuchs sich jedoch zu einem Sumpf aus. Alle wichtigen Unternehmen wurden praktisch Monopole, sei es der Im- oder Export, Autos wurden nur für Günstlinge eingeführt, darunter Richter und Politiker. Der Importzoll für Autos lag weit über 150 Prozent! Der Anfang vom Ende Peróns war jedoch, dass er sich mit der katholischen Kirche anlegte. Viele seiner Leute gerieten außer Kontrolle: Sie verbrannten mehrere Kirchen und nahmen die Monstranzen mit auf die Straße, verkleideten sich mit Talaren und machten sich über die Pfarrer lustig. Selbst eine Fronleichnam-Prozession wurde von einer seiner Halbstarkengruppen angegriffen. Das ging nicht nur grossen Teilen der argentinischen Bevölkerung zu weit, die schliesslich zu 95% katholisch ist - auch viele

Militärs unterstützten diesen Kurs nicht mehr.

1955 kam es zum Putsch, Perón musste auf ein „zufällig" im Hafen von Buenos Aires liegendes, paraguayisches Kanonenboot flüchten und das geplante Mausoleum für seine Frau wurde nicht gebaut. Statt dessen machten die Militärs eine Ausstellung mit all den Dingen, die man in Peróns Residenz gefunden hatte. All der Schmuck, Kleider, Schuhe, Pelze, Handtaschen und andere Gegenstände wurden zur Schau gestellt. Dinge im Wert von vielen Millionen Dollar, die Evita gehörten. Nach der Ausstellung tauchten diese Sachen übrigens nie mehr auf, die Nachfolger waren demnach auch nicht besser!

Heute ist Eva Peróns Leiche nach einer langen Reise um die halbe Welt auf dem teuersten und elegantesten Friedhof der Stadt begraben, der Recoleta. Wer auf diesem Friedhof begraben ist, ist „in" und gehört zur besten Gesellschaft, was zu teilweise absurden Beerdigungen führt: Denn es gibt heruntergekommene Familien, die einmal reich waren und jetzt ihre Familiengruft tageweise vermieten. Andere Familie, die zu Geld gekommen sind aber nicht zur „feinen Gesellschaft" gehören, setzen ihre Toten in einer gemieteten Gruft auf der Recoleta bei. Am nächsten Tag wird der Leichnam dann abgeholt und woanders begraben; aber die Hauptsache ist, dass man in der Todesanzeige schreiben kann „die Beerdigung findet statt auf dem Friedhof Recoleta". Vor Evitas Grab sieht man auch heute noch Leute, die beten.

Schock: Kein Zutritt in jüdische Institution

Als Kurt und ich ein oder zwei Wochen in Buenos Aires waren, erfuhren wir, dass es da eine ganz große jüdische Institution gibt, mit einem breiten Angebot an Kultur, einem Sportclub mit Schwimmbad und vielem mehr. Dieser Verein hieß „Sociedad Hebraica Argentina". Das ist ein riesiges Gebäude mit Kinosaal und Theaterbühne und allem, was man sich so vorstellen kann. Er war von russischen Juden gegründet worden und bestand schon lange. Selbst Einstein und Ben Gurion haben dort Vorträge gehalten. Dorthin gingen wir ganz unschuldig entsprechend unserer Erfahrungen aus La Paz. Denn wenn man in La Paz irgendjemanden auf der Straße sah, der ein Jude hätte sein können, hat man ihn einfach angesprochen und nach Hause oder ins Macabi-Heim eingeladen. Man fragte, wie lange er zu Gast sein möchte und ob man irgendwie helfen könne.

Kurt und ich gingen also ganz naiv in diese Hebraica, wo ein Portier stand, eine mächtige Gestalt: „Ausweis!", brüllte der. Ja, haben wir gefragt, was für einen Ausweis denn? „Den Mitgliedsausweis natürlich. Hier ist nur den Mitgliedern der Eintritt gestattet." Dann haben wir versucht, ihm zu erklären, dass wir gerade erst aus Bolivien gekommen sind und sehen wollten, ob wir da Mitglieder werden können. „Die Bürostunden sind heute nicht. Sie müssen morgen wiederkommen! Hier kommt keiner rein ohne Ausweis." Das war ein schwerer Schock für uns! Schliesslich wollten wir uns irgendwie in die jüdische Gemeinschaft integrieren und wurden nun sehr direkt abgewiesen. Später gingen zwei Leute an uns vorbei, die wir ansprachen. Aber auch die sagten nur, dass man ohne Ausweis nicht mal zum Schauen reindürfe. Es gäbe aber noch einen Macabi-Klub, etwa einen Kilometer entfernt, da würden wir bestimmt aufgenommen. Und so gingen wir gleich zum Macabi. Ich hatte noch zufällig meinen alten bolivianischen Macabi-Ausweis dabei. Dort wurden wir sehr freundlich empfangen, durften rein und uns alles anschauen. Wir hätten auch Mitglied werden können, allerdings kostete das 20 Pesos im Monat. Mein Monatseinkommen waren damals 125 Pesos, Kurt verdiente auch nicht mehr, so dass wir dort auch schnell wieder draußen waren. Das waren so meine ersten und für lange Zeit auch letzten Erfahrungen mit jüdischen Institutionen in Buenos Aires.

Erst Jahre später habe ich erfahren, dass es den „Hilfsverein" und andere von deutschen Juden gegründete Organisationen gab. Damals bewegte ich mich noch nicht in diesem Ambiente. Die einzigen Juden, mit denen ich regelmässigen Kontakt hatte, stammten aus Russland. Und die wenigen deutschen Juden, die ich kannte, wie Fritz Reich und Hermi Kamp waren auch nicht jüdisch integriert.

Die erste grosse Liebe

Meine Mutter wurde hingegen sofort nach ihrer Ankunft 1950 Mitglied der jüdischen Gemeinde in Florida, wo bereits Rabbiner Paul Hirsch amtierte. Hirsch kannten wir schon aus Bolivien, wo er in La Paz Emigrantenkinder unterrichtet hatte. Jetzt war er Rabbiner der von deutschen Emigranten gegründeten Gemeinde „Lamroth Hakol" (Trotz allem). Kurz vor seiner Auswanderung aus Aachen hatte er ein konservatives Rabbiner-Examen abgelegt, das er später in den USA und Israel revalidierte. Er wurde zu einem der bedeutensten Pfeiler im jüdisch-christlichen Dialog Argentiniens. Die innige Freundschaft zwischen ihm und dem Pfarrer der katholischen Kirche in Florida, Monsignore Pohli, überdauerte seinen allzu frühen Tod. Ich erinnere mich noch heute an den Gedenkgottesdienst für Rabbiner Hirsch in der Kirche, zu der die Gemeindemitglieder von Lamroth Hakol eingeladen wurden. In dessen Verlauf unterstrich Monsignore Pohli die Notwendigkeit der Verbrüderung beider Religionen mit Zitaten aus dem Alten Testament und Auszügen aus hebräischen Texten und Gebeten. Meine Freundschaft zu Paul Hirsch stammte aber aus einer früheren Zeit, als er noch nicht als Rabbiner tätig war und wir viele Stunden mit Tischtennisspiel verbrachten.

Ich selbst ging nicht oft in die Synagoge. Meine Mutter allerdings war stets bemüht, ihren koscheren

Haushalt fortzuführen und scheute keinen langen Weg, um sich das religiös einwandfreie Fleisch zu besorgen. Sie achtete streng auf die Einhaltung des Schabbats. In der Gemeinde hatte meine Mutter neue Bekannte gefunden und auch in der Nachbarschaft Freundschaften geschlossen. Hierzu gehörte eine Familie Strauss, die eines Tages eine winzige Pension in einem grossen Haus im nördlich von Buenos Aires gelegenen Deltagebiet „Tigre" mieteten. Wiederholt war meine Mutter auf ein Wochenende dorthin eingeladen worden. Eines Tages Ende Dezember während des argentinischen Hochsommers, wenn man Erfrischung im Wasser sucht, konnte sie mich überreden, gemeinsam dorthin zu fahren. Wir nahmen die Bahn bis zum Tigre Delta und gelangten dann mit einem Kahn über den breiten Fluss zur Familie Strauss.

Als wir am Steg anlegten, lag dort eine wunderschöne Frau, die sich als die Tochter der Familie vorstellte. Es stellte sich heraus, dass die gleichaltrige Hildegard, wie sie hiess, ursprünglich eine Chemikerin war und jetzt als Topmodell arbeitete. Diese Tätigkeit überraschte mich nicht, denn sie hatte wirklich alle physischen Voraussetzungen für diesen Job! Ich hatte zuvor mehrere Freundinnen aus Emigrantenkreisen und auch unter den „Einheimischen" in Bolivien und Argentinien - aber eine so anziehende Frau war noch nicht darunter gewesen. Wir kamen sehr schnell ins Gespräch und offensichtlich gefiel auch ich ihr! So verliebten wir uns schnell, ich brachte meine Mutter am Abend zur Bahn und blieb selbst über das lange Wochenende.

„Pichi", wie ihr Spitzname lautete, war vor ihrer Modelkarriere Assistentin von Biro, einem aus Ungarn geflüchteten Juden, gewesen. Gemeinsam hatten sie den Kugelschreiber erfunden: Pichi entdeckte die nötige Konsistenz der Tintenpaste. Denn Biro hatte zwar das Kugelrollerprinzip entwickelt, doch war es ihm nicht gelungen, eine Paste herzustellen, die einen gleichmässigen Tintenfluss ermöglichte. Biro hatte ihr zwar ein sehr gutes Gehalt gezahlt, leider war er jedoch kein guter Geschäftsmann: Er schätzte seine Erfindung falsch ein und verkaufte das Patent, das die Schreibtechnik regelrecht revolutionierte, sehr billig!

Wir verbrachten wunderschöne Monate miteinander, gingen gelegentlich tanzen und begannen Pläne für die gemeinsame Zukunft zu schmieden. Viele meiner Bekannten, darunter auch mein Chef Hermi, versuchten mir Pichi auszuspannen. Zu meinem grossen Glück wollte sie jedoch nur mich und liess alle anderen links liegen! Leider kamen trotzdem Probleme auf uns zu: Während sie ein Spitzengehalt hatte, verdiente ich noch nicht einmal ausreichend, um ein Heim einzurichten und zu unterhalten. Wir lebten in einem Macho-Land, dessen Mentalität ich mich soweit angepasst hatte, dass ich niemals hätte dulden können, von einer Frau ausgehalten zu werden! Es kam dauernd zu Problemen, da sie gross mit mir ausgehen wollte und ich sie gerade mal in eine Pizzaria einladen konnte. In einem Lokal zu sitzen und der Dame die Rechnung herüberzuschieben, war eine ganz unvorstellbare Situation! So kam es über den Geldproblemen zur Trennung, was ich jahrzehntelang bedauerte, jedoch einfach nicht über meinen Schatten springen konnte und nicht als Gigolo enden wollte. Ich sah sie nur noch zweimal wieder. Sie hatte inzwischen einen Universitätsprofessor geheiratet und einen Sohn bekommen. Sehr glücklich schien sie die Ehe nicht zu machen, aber auch sie hatte eingesehen, dass ich einfach unter ihrem finanziellen Stand war.

Familiengründung

Ich heiratete auch bald. Meine Frau Marion stammte aus Berlin und emigrierte als Fünfjährige mit ihren Eltern nach Argentinien, in die Kolonie Avigdor. Das war eine von der Jewish Colonisation Association gegründete landwirtschaftliche Siedlung für deutsche Juden, wo jeder ein Stück Land bekam. Diese Siedlung lag in der Provinz Entre Rios. Die deutsch-jüdischen Kolonien waren als Verbindung entstanden zwischen dem Wunsch des JCA, verfolgte Juden aus Europa zu retten und gleichzeitig der argentinischen Einwanderungspolitik entgegenzukommen. Argentinien suchte Menschen, die das Land bewirtschaften können, hatte aber an Akademikern, Arbeitern oder Kaufleuten kein Interesse. Der Leitspruch hieß damals „gobernar es poblar" - regieren heißt bevölkern. Diese Politik ist übrigens nicht nur bei den deutsch-jüdischen Emigranten gescheitert, denn bis heute lebt die Hälfte der 30 Millionen Argentinier in Buenos Aires und ein weiterer Großteil in den anderen Städten.

Den Emigranten gehörte damals das Land, das sie bewirtschafteten. Es waren einige Hektar große Parzellen, meistens gehörten auch ein paar Kühe, Hühner oder andere Tiere dazu. Dort versuchten sich dann Handwerker, Kaufleute und Akademiker als Landwirte. Die allermeisten scheiterten natürlich, weil auch noch die Bedingungen katastrophal waren. Es gab keine Infrastruktur, keine Straßen, keinen Strom und kein fließendes Wasser. Nur bei gutem Wetter waren die Sandwege passierbar, so dass man zumindest bis ins nächste Dorf kam, um dort die Ernte zu verkaufen - wenn es überhaupt mal eine gab. Denn auch die Witterungsbedingungen dort waren sehr schlecht. Jedes zweite Jahr gab es eine Heuschreckenplage, Überschwemmungen oder Dürre, so dass sowieso fast nichts geerntet werden kann. Auch die Schulen liessen natürlich zu wünschen übrig. Es gab kein Gymnasium und an eine richtige Ausbildung war folglich nicht zu denken. Aber die Emigranten schafften sich immerhin ihr kulturelles Leben mit Theateraufführungen und einer Synagoge. Es gab dort Tanzabende mit Livemusik von einem kleinen Orchester sowie einer eigenen Theatergruppe.

Ich lernte meine Frau auf der Hochzeit zweier mir aus Bolivien bekannten Freunde - Anita Stern und Wolfgang „Bulli" Manasse - kennen. Wir verlobten uns formell und wurden in der Wohnung meiner Schwiegereltern von Rabbiner Steinthal getraut, der die Gemeinde Benei Tikva im Stadtteil Belgrano von

Buenos Aires gegründet hatte. Wir zogen in den Vorort Florida in ein schönes Haus, wo auch ein Zimmer für meine Mutter vorhanden war, und zahlten eine sündhaft teure Miete. Nach dreijähriger Ehe wurden unsere Tochter Mónica Carolina und 15 Monate später Sohn Miguel Germán geboren. Germán ist die spanische Übersetzung für Hermann, der Name meines Vaters. Dieser war am 25. Dezember 1935 gestorben - mein Sohn kam am 26. Dezember zur Welt!

Mit den Kindern sprachen wir Deutsch. Dann jedoch kamen sie in den Kindergarten und erklärten uns, sie seien Argentinier und Argentinier sprächen Spanisch. Ich versuchte weiterhin mit ihnen Deutsch zu sprechen. Mein Wunsch war, sie zweisprachig aufzuziehen, da ich dachte, dies werde einmal ein grosser Vorteil für sie sein. Sie jedoch taten immer, als verstünden sie nicht, was ich sagte, fragten fünfmal auf Spanisch nach, was ich denn gesagt hätte. Ich war dann etwas genervt und gab auf. Wir liessen wöchentlich eine Privatlehrerin ins Haus kommen, damit die Kinder den Kontakt zu meiner Muttersprache nicht ganz verlören, aber auch dieser Versuch scheiterte. Heute sprechen beide nur noch wenige Worte Deutsch.

Wir hatten viele Freunde, die uns mit ihren Kindern regelmässig am Wochenende in unserem grossen Garten aufsuchten, wo wir ein Planschbecken aus Segeltuch, eine Rutschbahn und eine Gartenschaukel aufgestellt hatten. So war der Garten stets voller Kinder. Wir Erwachsenen tranken Kaffee und assen

Kuchen. Abends assen wir warm, spielten Karten und tanzten auch gelegentlich. Mit unserem Nachbarn Heinz „Don Enrique" Wilfert, dessen aus Bayern stammender Vater in den 20er Jahren an einer deutschen Schule Lehrer war, waren wir auch befreundet und besuchten uns oft. Argentinische Freunde hatte ich während der Jahrzehnte im Land nur sehr wenige. Ein wirklich guter Freund war jedoch darunter: Roberto Ferrari, dessen Vater argentinischer Botschafter in Guatemala war. Er selbst war Pressechef vom staatlichen Rundfunksender „Radio Belgrano" und arbeitete anschliessend beim ersten Fernsehkanal „7". Wir waren uns politisch sehr nah, da auch er ein überzeugter Sozialdemokrat war. Unsere grosse Liebe galt jedoch nicht der Politik, sondern dem Jazz: Hier lernten wir uns auch kennen.

Es war zu Beginn der 50er Jahre als in Buenos Aires das erste Fernsehprogramm über wenige Stunden ausgestrahlt wurde. Perón brauchte ein zusätzliches Propagandainstrument für seine Politik und förderte die Verbreitung dieses neuartigen Kommunikationsmittels. Da es immer für alles eine Monopolstellung gab, wurde auch diesmal ein Standardgerät der Marke „Capehard" eingeführt und später im Lande zusammen gebaut. Langsam begann der Antennenwald auf den Dächern zu wachsen und viele Leute brachten nur die Antenne an, um den Besitz des Statussymbols 'schwarz-weiss Fernseher' vorzutäuschen. Alles wurde „live" gesendet, auch die Werbung. Bald gab es sehr populäre Paare, die von Waschpulver bis Kleidung alles vor den Kameras anpriesen, oft die Texte verwechselten, sich versprachen oder sonstige Patzer produzierten, was jedoch wohlwollend in Kauf genommen wurde. Immerhin finanzierte uns die Werbung unser Vergnügen, so dass wir nie Fernsehgebühren kennen lernten.

Durch meinen Freund Ferrari wohnte ich zahlreichen Sendungen im Studio bei, das ursprünglich im „Palais de Glace", einem für die „feine" Gesellschaft reservierten Rollschuhpiste im vornehmen Nordviertel untergebracht war. Heute dient das Gebäude Gemäldeausstellungen. Besonders beliebt waren Unterhaltungen mit leicht geschürzten Damen und ein Ratespiel, wo es grosse Summen zu gewinnen gab. Dieses von der Firma „Odol" gesponsorte Programm versammelte am Mittwoch Abend mehrere Nachbarn im Haus des Besitzers eines Fernsehgerätes, um mit dem Befragten bis zur letzten, richtigen Antwort mitzuzittern. Der Sieger war Tags darauf fast ein Nationalheld!

Unsere Probleme begannen eines Tages mit der Ankündigung, es werde einen zweiten Sender geben. Wie kann man zwei Sendungen gleichzeitig bringen, so dass man gezwungener Massen eine davon versäumen muss? Schliesslich versuchten wir bis zu diesem Zeitpunkt noch die drei bis vier Stunden von Sendebeginn bis Schluss vor dem Fernseher zu sitzen, um ja nichts zu verpassen! Jetzt hatten wir die Qual der Wahl und mussten Entscheidungen fällen. Bald gab es einen dritten und einen vierten Sender, doch inzwischen hatte sich die erste Begeisterung für das neue Medium auch gelegt und es gab sogar Stunden am Abend, wo der Apparat nicht eingeschaltet wurde!

Jazz - die Leidenschaft!

Meine Begeisterung für den traditionellen Jazz entstand schon in Berlin, als ich zur Bar Mitzwa einen Plattenspieler und dazu vier Platten bekam. Eine davon war von Benny Goodman, dem „König des Swing". Hunderte Male spielte ich sie ab und konnte jedes Lied mitsingen. In Bolivien spielte ich dann Schlagzeug, doch erst in Buenos Aires begann ich mich intensiv mit dieser Musikrichtung zu befassen. Ich ging oft in Lokale, in denen Musiker auftraten und kam auch mit einigen von ihnen ins Gespräch. So erfuhr ich von der Absicht, einen Jazz-Klub zu gründen und war natürlich begeistert dabei! Im November 1949 fand die Gründung des „Hot Club de Buenos Aires" (in Anlehnung an den Namen des in Paris seit den 30er Jahren bestehenden „Hot Club de France") in einem Vorführraum eines Kinoverleihs statt. Aus den etwa 30 Mitgliedern wurden im Laufe weniger Wochen 300, die Mehrzahl von ihnen Musiker oder Amateure mit mehr Begeisterung als Können... Hier lernte ich auch Roberto Ferrari kennen, meinen bereits erwähnten argentinischen Freund. Wir tauschten oft Platten aus und besuchten viele Konzerte gemeinsam. Leider verstarb er sehr früh, was mich besonders traurig machte, da er zu den besten Freunden gehörte, die ich je hatte. Ich hielt die Trauerrede bei seiner Beerdigung auf dem katholischen Friedhof in Olivos.

Der Klub förderte eine eigene Band, die dem traditionellen New Orleans Stil nacheiferte. Es gab die erste Street Parade in Buenos Aires und wir veranstalteten eine Reihe von Konzerten in Kinosälen und in den später angemieteten Räumen des Klubs. Besonders verdient um den Jazz in Argentinien machte sich „Cacho" Jurado, der am Piano oder mit der Posaune die Band unseres Klubs leitete und Jahre später einen Gospel-Chor mit Laiensängern gründete und in grossen, vollbesetzten Sälen auftrat. Auch in der bekanntesten Badestadt Argentiniens, Mar del Plata, gaben wir über zwei Tage eine Reihe von Darbietungen: direkt an der Promenade vor dem damals grössten Nobelhotel, dem Gran Hotel Provincial! Wir waren in einem grossen Bus mit eigenen Musikern gekommen und vervollständigten die verschiedenen Gruppen mit Kollegen, die im Sommer in Hotels oder Nachtklubs dort auftraten. Es war ein riesiger Erfolg und in den kommenden Monaten konnten unsere Klubräume in der Hauptstadt die Menschen nicht mehr fassen, die unsere Veranstaltungen besuchten. So mieteten wir einen riesigen Theatersaal, der auch nicht allen Anforderungen entsprach.

Ich hatte mich über Fachliteratur in das Thema eingelesen und hielt regelmässig Vorträge über die Ursprünge und Entwicklung dieser von Sklaven eingeführten Rhythmen, die anfangs als Arbeitsgesang, später als Gospel in Kirchen und als Unterhaltung in Bars, zum Tanz und schliesslich bei Beerdigungen, in New Orleans Ende des 19. Jahrhunderts ihren

Siegeszug antraten und unter dem Sammelbegriff Jazz, Anfang des 20. Jahrhunderts weltweit populär wurden. Es gab immer Erneuerer und unterschiedliche Stilrichtungen, einige von ihnen trugen die Namen der Städte, in denen sie sich entwickelt hatten - Kansas City, Chicago, New York - und schliesslich waren es Weisse, die diese Musik in den USA gesellschaftsfähig machten.

Die argentinischen Musiker kannten den Jazz nur von Schallplatten, gelegentlichen Filmszenen oder Noten. Sie hatten jedoch einen guten Rhythmus und ein talentiertes Gefühl, das „feeling" für Jazz, so dass etliche gute Interpreten sogar im Ausland Triumphe feiern konnten. Darunter Lalo Schiffrin, der sich bei uns im Klub noch mit kurzen Hosen am Piano profilierte und später in den USA in einer „Big Band" spielte, sich dann als Komponist und schliesslich als Dirigent klassischer Musik einen Namen machte. In unserem Klub waren wir stets bemüht, Musiker von den Schiffen für unsere Veranstaltungen zu gewinnen, so dass wir ständig durch den Hafen zogen und auf Schiffen aus den USA nach Musikern an Bord fragten. Auch die grossen Stars, die in Buenos Aires auftraten, wie Louis Armstrong, Benny Goodman, Lionel Hampton, Ella Fitzgerald, Edmund Hall und viele andere waren begeistert von unseren Bemühungen zur Verbreitung des Jazz in Argentinien und wir hatten viele von ihnen im Klub, wo sie mit „unseren" Musikern spielten. Später verpflichteten wir sogar selber Musiker, darunter drei Amateure aus Dänemark und den - meiner Meinung nach - besten weissen

Trompeter „Wild" Bill Davison.

„Wild" Bill Davison war für mich das Idol unter den weissen Trompeter, auch wenn er eigentlich Kornetist war. Als er nach Buenos Aires kam, wurde ich vom Hot Club beauftragt, ein Interview für unser Heft „Selecciones del Hot Jazz" mit ihm zu machen. Ich begab mich ins Hotel, wo mich seine Frau in der Lobby empfing und wir uns lange unterhielten, da Bill noch seine Siesta hielt. Davison bat mich dann aufs Zimmer, ich stellte meine Fragen und er antwortete. Er sass auf seinem Bett, stand plötzlich auf, holte den Kasten mit seiner Kornette und fragte mich, welches Lied er mir vorspielen solle. Ich war derart verblüfft, dass ich mich nur an eine meiner von ihm interpretierten Lieblingsplatten erinnerte, die er viele Jahre zuvor mit dem bekannten Bandleader Eddy Condon in Chicago aufgenommen hatte. „I can give you anything but love", lautete der Titel und „Wild" Bill Davison spielte nur für mich diese wunderbare Melodie in der Art, wie er es seit Jahren vor grossem Publikum so genial zu interpretieren pflegte. Noch heute bekomme ich eine Gänsehaut, wenn ich an diesen schönen Augenblick zurück denke. Er gab eine Reihe von Darbietungen und nahm in Buenos Aires eine Langspielplatte mit lokalen Musikern auf, die ich bis heute wie einen Schatz behandle!

Der Albtraum vom eigenen Haus

Auch beruflich bewegte sich einiges in meinem Leben. Die Firma Sade hatte sich inzwischen auf den Import von Autolampen spezialisiert. Es gab damals einen Einfuhrstopp und nur wenige Firmen erhielten eine Importlizenz aufgrund früherer Tätigkeiten. Diese Genehmigungen waren praktisch eine Lizenz zum Gelddrucken, da viele Importeure ihr Geld damit verdienten, das Importpermit einfach zu verkaufen. Ich sah, dass man auch mit dem Verkauf der Lampen viel verdienen konnte und beschloss, mich selbstständig zu machen. Nicht nur bei Sade erhielt ich einen unbegrenzten Kredit, sondern auch bei mehreren anderen Importeuren war ich bekannt und konnte jede Menge Waren auf Kredit einkaufen. Meine Kunden waren Geschäfte für Autoersatzteile, Agenturen und Grosswerkstätten, die ich belieferte und auch meinerseits auf Kredit verkaufte. Das Geschäft lief gut, bis Perón gestürzt und die Importbeschränkungen aufgehoben wurden. Nunmehr konnte jedermann frei die Waren einführen und es gab eine Konkurrenz, die finanzkräftiger war als ich. Ich hatte mir jedoch inzwischen so viel Geld ansparen können, um mir den Traum eines eigenen Hauses erfüllen zu können.

Doch aus diesem Traum wurde schnell ein Albtraum. Der Verkäufer wohnte bei uns um die Ecke, und begann neben seinem Haus vier Apartments zu bauen. Er überredete mich, eines dieser kleinen Häuser mit einem zehnjährigen Kredit zu erwerben. Ich hatte Vertrauen zu ihm, da unsere Kinder die gleiche Schule besuchten und wir sogar eine Fahrgemeinschaft hatten, und abwechselnd den Nachwuchs an jedem Wochenende zu einem nahe gelegenen Sportplatz fuhren. Das Angebot war im Hinblick auf die latente Inflation in Argentinien verlockend und so unterschrieb ich den Vertrag, machte eine Anzahlung und begann die monatlichen Raten zu zahlen, da die Fertigstellung innerhalb von sechs Monaten schriftlich zugesichert worden war.

Die Inflation setzte auch wie von mir erwartet wieder einmal drastisch ein und der Verkäufer meinte, ich möge doch einen Bankkredit beantragen. Denn nun wollte er es natürlich nicht bei den vereinbarten Raten belassen, sondern sein Geld sofort bekommen! Ich ging sogar zur Bank und erkundigte mich nach den dortigen Bedingungen. Wie in den meisten Ländern üblich, bekommt allerdings auch in Argentinien eigentlich nur derjenige einen Kredit, der soviel besitzt, dass er eigentlich keinen aufnehmen müsste! Mein bescheidenes Gehalt als Redakteur beim „Argentinisches Tageblatt" reichte der Bank als Sicherheit jedenfalls nicht, so dass ich als nicht-kreditwürdig eingestuft wurde. Nun vergass der Mann schnell unsere lockere Freundschaft und alle Vereinbarungen und drohte, dass, sollte ich keinen Kredit aufnehmen, er den Vertrag rückgängig mache. Ich beriet mich mit einem befreundeten Anwalt, der meinte, ich hätte bereits meine Vertragsbedingungen erfüllt und laut Gesetz habe nun der Verkäufer den seinen nachzukommen.

Was folgte war ein sieben Jahre dauerndes Gerichtsverfahren! Da ich nicht alle Finessen aufzählen kann, die der Verkäufer einsetzte, um mich zu schädigen, erwähne ich nur ein paar Beispiele: Als die Übergabe des Hauses durch den Justizbeamten stattfinden sollte, riss der Verkäufer die Hausnummer ab. Der Beamte musste sich an die Vorschriften halten, wonach er ein „nichtexistierendes Haus" auch nicht übergeben dürfe. Ein zweiter Versuch scheiterte daran, dass der Verkäufer sich weigerte die Schlüssel zu übergeben. In den Gerichtsakten stand jedoch nichts davon, dass ich einen Schlosser bemühen dürfe. Als diese Hürde in einem weiteren Gesuch vor Gericht genehmigt worden war, hatte der Verkäufer inzwischen das Haus - illegal, versteht sich - mit einer Hypothek belastet, deren Raten er nicht bezahlt hatte, so dass eine Zwangsversteigerung von der Bank angesetzt worden war. Dies konnte ich durch richterliche Anordnung fünf Minuten vor der Auktion verhindern. Ein weiterer Termin zur Übergabe scheiterte, da zur gleichen Stunde Präsident Perón gestorben und Nationaltrauer verfügt worden war. Zwischendurch wurde durch Verfahrenstricks der zuständige Gerichtsort von der naheliegenden Stadt San Isidro in die Provinzhauptstadt La Plata verlegt, so dass die Fahrt dorthin für jeden Termin einen halben Tag in Anspruch nahm.

Schliesslich - wie gesagt, alles zog sich sieben Jahre

hin - konnte die Übergabe vollzogen werden, nachdem zuvor ein Nummernschild angebracht und die Genehmigung für einen Schlosser erteilt worden war, auch „gewaltsam" einzudringen. Während dieser sieben Jahre hatte ich natürlich Miete in meiner eigentlichen Wohnung zahlen müssen, nachdem ich bereits alle Raten für das Haus bezahlt hatte! Als ich das Haus dann endlich bezog, war es noch nicht einmal fertiggestellt, so dass ich noch etliche Arbeiten auf eigene Kosten erledigen musste. Als ich mich wegen Schadenersatzforderungen erneut an das Gericht wenden wollte, waren auf wundersame Weise alle Akten in meinem Fall verschwunden!

Korruption und Vetternwirtschaft

Es gab noch weitere Fälle, in denen meine Naivität skrupellos ausgenutzt wurde. Als ich einen Nebenverdienst in der Versicherungsbranche suchte und die entsprechende Schulung beendet hatte, kam ich auf die Idee, die bereits in Europa bekannte Flugversicherung für Passagiere in Argentinien einzuführen. In der Versicherungsgesellschaft unterstützte man meinen Vorschlag und ich wurde beauftragt, mich damit zu beschäftigen. Um einen Kiosk auf den Flughäfen einzurichten, war die Genehmigung durch die zuständigen Behörden erforderlich. Doch, wer war zuständig? Es begann ein

Hindernislauf, da zuerst die Behörde für Zivilluftfahrt ein Gutachten abgeben musste, dann der zuständige Flughafenchef und nicht zuletzt - alle Posten waren von Militärs besetzt - mussten noch der Tourismussekretär und der Generalstab der Luftwaffe ihre Genehmigungen erteilen. Jeder Instanzenweg war mühsam, langwierig und mit schier unüberwindbaren Hindernissen gespickt. Nach mehreren Monaten glaubte ich, endlich alle erforderlichen Papiere zusammen zu haben. Auch der Kostenvorschlag des Kioske-Bauer lag vor.

Damit ging ich zum Generalstab, wo mir mitgeteilt wurde, aus Gründen der „nationalen Souveränität" sei mein Antrag leider abgelehnt worden. Inzwischen hatte ich mich mit einem im Vorzimmer stationierten Offizier mehr oder weniger angefreundet, da ich lange Wartezeiten dort mit ihm verbracht hatte. Als ich ihm mein Scheitern schilderte, tröstete er mich mit den Worten, wonach der Chef mit jedem anderen Bewerber genau so gehandelt hätte, weil - und nun kam die grosse Überraschung - er meine Idee sehr gut fand. Folglich hatte er einen Neffen mit der Durchführung meines Projektes beauftragt und nur gewartet, bis ich alle Vorbedingungen erfüllt hatte, die der Neffe nun für sich nutzen konnte! Wenige Wochen später begann auf den beiden Flughäfen von Buenos Aires, Ezeiza und Aeroparque Jorge Newberry, eine völlig unbekannte Versicherungsfirma die Policen an die Reisenden zu verkaufen. Ich versuchte, meine Versicherungsgesellschaft zu einem Prozess zu bewegen, doch die lakonische Antwort lautete, dass man gegen die Militärs nichts ausrichten könne. Damit hatten sie leider recht!

Ich versuchte nun Geld als Reiseberater zu verdienen. Wieder gab es eine Schulung, in der ich die Modalitäten dieser Branche kennen lernte und versuchte, das Geld mit Gewerkschaftstourismus zu machen. Ich besprach mich mit dem Filialleiter der grössten Reiseagentur der Welt, „Wagon/Lits Cook", der mir in seinem gut gelegenen Lokal auf einer der Hauptstrassen einen Platz zur Verfügung stellte. Auch dieses Projekt scheiterte: Ich hatte den typischen Gringo-Fehler gemacht und die Bonzen der Gewerkschaft nicht ausreichend „geschmiert"!

Redakteur im „Argentinischen Tageblatt"

Während all dieser Jahre, die ich mit Krokodile jagen, Bijouterie und Autoersatzteile verkaufen, Strassenbauen und Büroarbeiten verbrachte, hatte ich immer einen Traum: Ich wollte Journalist werden. Ein Beruf, den ich mir sehr kreativ vorstellte und der zudem meinem Interesse für Politik und allen Neuigkeiten aus der Welt entgegenkam. Eines Tages sah ich eine Anzeige im „Argentinischen Tageblatt", das meine Mutter täglich las, und mir dann weiterreichte: Ein Redakteur wurde gesucht. Das „Tageblatt" hatte sich besonders während der Nazizeit einen Namen gemacht. 1933 waren in Argentinien alle Institutionen und Vereine „gleichgeschaltet" worden, egal ob das nun Sportklubs, Kulturvereine oder Schulen waren. Die Betriebe waren angehalten, keine Juden mehr einzustellen und vorhandene zu entlassen. Die deutsche Botschaft unterstützte damals die „Deutsche La Plata Zeitung", die schnell von ihrem eher monarchistischen Kurs abgewichen war und sich von den Nazis hatte einnehmen lassen. Das Gegenstück zur „La Plata Zeitung" war das von Schweizern im 19. Jahrhundert gegründete „Argentinischen Tageblatt", das demokratisch eingestellt war und blieb. Es gab dann einen Anzeigenboykott der deutschen Unternehmen gegen das „Tageblatt", zwei Bombenanschläge und andere Schikanen. Die Emigranten wurden hingegen natürlich sofort zu Lesern des „Tageblattes" und manche begannen auch in der Redaktion zu arbeiten.

Für mich war klar, dass ich nun diese Chance ergreifen und mich auf die Stelle bewerben musste! Das Vorstellungsgespräch hatte ich bei Dr. Ernesto Alemann. Es fing damit an, ob ich Deutsch und Spanisch könne, worauf ich natürlich mit „Ja" antwortete. Ob ich sonst noch was könne? Ja, Englisch, ein bisschen Schwedisch, und wenn es ganz dringend ist auch etwas Hebräisch. Dann fragte er, ob ich auch was von argentinischer Politik verstehe. Ich fragte zurück, ob irgendjemand in Argentinien etwas von der Politik im Lande verstehe! Da musste er mir Recht geben, schliesslich ging es in der argentinischen Politik immer drunter und drüber. Die Atmosphäre war also entspannt und der mündliche Test „bestanden".

Anschließend sollte ich einen spanischen Text auf Deutsch übersetzen, dann noch aus einer kurzen Nachricht was Langes schreiben, und einen längeren Artikel kürzen. Alles klappt gut, sodass ich eingestellt wurde. Ich war darüber besonders froh, da in der Stellenanzeige gestanden hatte, es werde ein Akademiker gesucht. Ein Studium auf einer Universität zu absolvieren, war mir nie möglich gewesen. Zum Glück konnte ich Alemann jedoch davon überzeugen, dass nicht jeder Akademiker ein guter Journalist sein muss und umgekehrt manch einer, der sich nur privat weiterbilden konnte, schreiben kann!

Die Arbeitszeit im „Tagblatt" dauerte damals von 18.00 Uhr bis 24.00 Uhr. Vormittags und am frühen Nachmittag habe ich zusätzlich weiter Bijouterie verkauft und andere Geschäfte gemacht - denn leben konnte man von dem kleinen Gehalt in der Zeitung nicht. Also arbeitete ich von 9.00 Uhr bis Mitternacht! Der Chefredakteur damals war ein gewisser Dr. Brüll, ein ehemaliger Wiener Parlamentsstenograph. Der Mann wusste alles, er war ein wandelndes Lexikon. Später haben wir erfahren, dass er auch alle unsere Gespräche stenographiert hat, um sie dem Chef am nächsten Tag brühwarm weiterzuerzählen! Der Mann wurde aber langsam krank und kränker. Ich habe ihm eines Tages angeboten, ihn mit meinem Auto abends nach Hause zu fahren. Außerdem sei es doch bestimmt für ihn in seinem Zustand nicht gut, solange aufzubleiben... Ich habe lange auf ihn eingeredet und ihn am Ende auch davon überzeugt, dass wir nicht sechs Stunden für die Zeitung brauchen. So ist es mir dann gelungen, den Arbeitsschluss auf 23.00 Uhr vorzuverlegen.

Meine Arbeit bestand anfangs im Abfassen der Polizeibericht-Spalte und den Nachrichten aus den Provinzen. Das änderte sich einige Monate später schlagartig mit Kennedys Tod. Wir hatten damals schon einen neuen Chefredakteur, Peter Bussemeyer, ein nichtjüdischer Sozialist und Emigrant wie die meisten von uns. Er war ein hervorragender Schreiber, nur leider Alkoholiker. Als nun die Nachricht von dem Attentat eintraf, ging er ins nächste Kaffeehaus, bestellte sich einen Schnaps, kam wieder zurück, ging, bestellte sich den nächsten und so fort. Jedenfalls lief er dann nur noch in der Redaktion auf und ab und rief die ganze Zeit „ein zweites Sarajevo!". Um 19.00 Uhr war die Arbeit noch immer nicht eingeteilt. Es musste also irgendetwas geschehen, und so rief ich den Herausgeber der Zeitung an und schilderte ihm die Situation. Er sagte daraufhin, ich solle die Leitung übernehmen, und das, obwohl ich doch erst ein paar Monaten in der Redaktion und zudem der Jüngste war! Ich habe dann die Kennedy-Zeitung gemacht, immer mit dem Ticker neben mir, wo die neuesten Nachrichten rauskamen. Bis hin zur Vereidigung von Lyndon Johnson im Flugzeug, neben der Witwe Kennedys.

Insgesamt fühlte ich mich in der Redaktion sehr wohl und ich war auch beliebt. Aber nach neun Monaten merkte ich, dass mein privates Leben praktisch zusammengebrochen war. Denn jeder von uns hatte nur einen freien Tag, mein freier Tag war der Mittwoch. Es war also ganz egal, wo ich am Wochenende war, ob bei Bekannten, am Schwimmbecken oder wo auch immer: Um spätestens 17.00 Uhr musste ich mich verabschieden und in die Redaktion fahren. Meine Kinder waren damals ganz klein, es war Sommer, gutes Wetter, kurzum: Mir fiel das sehr schwer. Und so habe ich gekündigt. Auf meine Stelle kamen dann zwei Neue. Einer hieß Hans Jahn, auch ein Nichtjude, ein Sozialist. Der hat wunderbar geschrieben, ein Leitartikler erster Klasse. Leider war er an eine Frau geraten, die ihm alles Geld und alles, was er sonst noch besaß, abgenommen hatte. Er wurde krank und von Gläubigern verfolgt. Er saß auch nicht in der Redaktion, sondern allein in einem kleinen Zimmerchen, damit die ihn nicht finden. Er wurde irgendwann schwer krank, so dass er nicht mehr arbeiten konnte. Ich bekam also drei Wochen nach meinem Rücktritt ein Telegramm, Telefon hatten wir damals noch nicht – das zu bekommen dauerte, so man kein Militär war, Jahrzehnte. Ich solle mich bitte beim Personalchef melden. Der hat mich dann gebeten, für einen Monat auszuhelfen. Ich sagte ja, aber unter der Bedingung, dass ich Sonnabend und Sonntag frei hatte. Denn deshalb war ich schließlich weggegangen. Das wurde mir auch zugestanden.

Nach drei Wochen starb Hans Jahn. Der andere, den sie zusätzlich eingestellt hatten, stellte sich als unfähig heraus, so dass er entlassen wurde. Ich wurde gebeten zu bleiben, bis sie einen Nachfolger gefunden hätten. Ich sagte zu, allerdings mit der Bedingung, eine Gehaltszulage zu bekommen. Eine Weile befand ich mich so in einer sehr privilegierten Situation, bis schließlich ein neues Gesetz erlassen wurde, das allen Journalisten zwei freie Tage zusicherte. Später stellte sich das „Argentinische Tageblatt" auf wöchentliches Erscheinen um, so dass alle am Sonnabend und Sonntag frei hatten.

Die Alemanns fanden keinen geeigneten Nachfolger, so dass ich insgesamt 33 Jahre als Journalist beim „Argentinischen Tageblatt" arbeitete. In dieser Zeit habe ich über alles mögliche geschrieben, Außen- und Innenpolitik, Wirtschaft und Kultur. Ausserdem führte ich die „Briefmarken-Ecke" ein, wo ich meinem Hobby nachging und über Neuerscheinungen oder die Geschichte verschiedener Briefmarken schrieb. Für diese Artikel erhielt ich auch mehrere Preise von verschiedenen Institutionen und Vereinen aus dem Philatelisten-Bereich. Wenn der Chefredakteur in Urlaub war, leistete ich gemeinsam mit dem Herausgeber dessen Arbeit.

Manchmal setzte ich auch in hohem Maße meine Fantasie bei der Arbeit ein: Ich saß an einem Freitag Abend in der Redaktion und wollte anschließend den in der Nähe abfahrenden Omnibus nach Villa Gesell zu einem gemeinsamen Wochenende in der Badestadt mit meiner Familie besteigen. Es wurde immer später, die Abfahrtszeit nahte, und immer noch wartete ich auf die Rede des damaligen Präsidenten Arturo Illia, der anlässlich des „Tages der Industrie" sprechen sollte. Das Fernsehen brachte nichts, die Ticker standen auch still, so dass ich dann den Entschluss fasste, das übliche

Gerede zu einem derartigen Anlass, selbst zu schreiben. Meine Zusammenfassung seiner vermeidlichen Rede handelte von der Bedeutung der Industrie für die Wirtschaft des Landes und ähnlichem mehr. Als ich am Montag wieder in die Redaktion kam, wurde ich von Dr. Roberto Alemann, dem Sohn von Ernesto Alemann, begrüsst. Er sagte mir, dass unsere Zeitung die einzige im Land war, die die Rede von Präsident Illia gebracht hatte: An jenem Abend hatte er nämlich nicht gesprochen!

Der Herausgeber des „Argentinischen Tageblattes", Roberto Alemann, war zwischenzeitlich Wirtschaftsminister in Argentinien und auch Botschafter in Washington. Er ist in Argentinien sehr bekannt, hat ein Standardwerk über Wirtschaftspolitik geschrieben und ist Aufsichtsrat in einer Unzahl von Firmen. Wir hatten ein gutes Verhältnis zueinander, so dass ich sogar seinen Parkplatz im chronisch überfüllten Zentrum der Stadt benutzen durfte: 300 Meter entfernt von der Redaktion lag der „Deutschen Klub", in dessen Gebäude Alemann einen Parkplatz gekauft hatte. Ich nutzte ihn unter der Bedingung, ihn mehrmals in der Woche abends nach Hause zu fahren. Das war kein Problem, da sein Haus ohnehin auf meinem Heimweg lag. So führten wir im Laufe der Zeit lange Gespräche, die mich sehr bereicherten.

Ein für mich bedeutender Vorteil war meine Tätigkeit im „Argentinischen Tageblatt", da ich von den Verünstigungen profitierte, die sich durch den Austausch von Anzeigen ergaben. Es waren nicht nur verbilligte Restaurant-, Kino- und Theaterbesuche, sondern auch die mir so wichtigen - und seinerzeit unerschwinglichen Reisemöglichkeiten. Ausser den für Journalisten so begehrten Einladungen, konnte ich zusätzlich günstig die Antarktis mit dem Ausgangspunkt der südlichsten Stadt der Welt, Ushuaia, kennenlernen, ich besuchte die einmalig schönen Wasserfälle von Iguazú im Nordosten Argentiniens, reiste zur Halbinsel Valdés, wo man die Wale mit ihren Jungen sieht, die Millionen von Pinguinen, Robben und Seeelefanten sowie die wunderbare Landschaft von Bariloche mit den von ewigem Schnee bedeckten Bergen der Kordillere, dem mondänen Badeort in Uruguay, Punta del Este und vieles Schönes, was Argentinien zu bieten hat.

Kaufhauskette „Casa Tía"

1967 bewarb ich mich auf eine Anzeige der Firma „Casa Tía", die der Woolworth-Ladenkette ähnlich ist. Das Gehalt beim „Argentinischen Tageblatt" war trotz Zulage so dürftig, dass ich mich langfristig nach anderem umsehen wollte. „Casa Tía" suchte einen Chef für eine Auslandsfiliale in Peru. Ich schien alle Bedingungen zu erfüllen, bis der Herr in der Personalabteilung mich nach meinem Alter fragte. Als er erfuhr, ich sei 42 Jahre alt, meinte er bedauernd kopfschüttelnd, dass ich leider zu alt sei für den vorgesehenen Posten. Im gleichen Moment öffnete sich die Tür zum Chefbüro und ein betagter Herr trat hinaus, der zwei ihm folgenden Angestellten Anweisungen gab. Es war, wie ich später erfuhr, der Chef der Firma, Carlos Steuer, ein aus der Tschechoslowakei geflüchtete Jude, der sich und seine Familie später taufen liess. Da für mich die Vorstellung bei der Firma bereits gescheitert war, hatte ich nichts mehr zu verlieren. Ich fragte den Angestellten der Personalabteilung, wer der alte Herr sei und als er mir sagte: „Der Chef", meinte ich laut und meinerseits kopfschüttelnd, wie es möglich sei, eine so alte Person in der Firma zu belassen. Steuer blieb stehen, drehte sich fragend zu mir um und ich erklärte ihm, dass ich mit 42 Jahren als zu alt für seine Firma bezeichnet worden war. Der Chef, damals fast 80 Jahre alt, wandte sich an den Mann der Personalabteilung: „Der da wird sofort eingestellt" und verliess, mir freundlich zunickend, den Raum.

So wurde ich zum künftigen Filialleiter ausgebildet, indem ich alle Abteilungen der Firma - Lager, Einkauf, Personal, Dekoration, etc. - durchlief. Als ich nach neun Monaten so fit war, um die Filiale in Lima, Peru, zu übernehmen, wurde jedoch ein Verwandter des Chefs für diesen Posten genommen und mir wurde eine Filiale im Inneren des Landes, in der Provinz Tucumán, angeboten. Da ich jedoch hatte auf- und nicht absteigen wollen, war dies alles andere als ein erstrebenswertes Ziel und ich verliess die Firma.

„Semanario Israelita", die Zeitung der Emigranten

1968 starb der Herausgebers der „Jüdischen Wochenschau", Dr. Hardi Swarsensky. Seine Zeitung, die auf Deutsch über jüdische Themen der ganzen Welt mit Schwerpunkt Israel und Deutschland berichtet hatte, wurde daraufhin eingestellt. Ein Jahr später wurde der Nachfolger der „Jüdischen Wochenschau" 'geboren': Mitglieder der „Theodor-Herzl-Gesellschaft", einer zionistisch orientierten Institution, gründeten das „Semanario Israelita". Die Gründer waren alle mit viel Begeisterung und wenig Fachwissen dabei, waren sie doch mit einer einzigen Ausnahme, Miguel Smilg-Benario, zuvor noch nicht als Journalisten tätig gewesen.

Auch Smilg-Benario kannte jedoch nichts von der Technik des Umbruchs. Damals wurde noch mit Bleisatz gearbeitet und ich wurde als „Techniker" für das Vorhaben gerufen. Ich liess mir also vom technischen Chef des „Argentinischen Tageblatt", Jorge Müller, alles notwendige beibringen. Ab der zweiten Ausgabe des „Semanario Israelita" machte ich dann in der Druckerei des „The Standard", einer der beiden englischsprachigen Zeitungen, den Umbruch des Blattes. Mein recht frisches Wissen vermittelte ich dann an zwei Nachfolger, Cohn und Bein und verabschiedete mich in Freundschaft vom „Semanario Israelita".

Erst Jahre später nahm die Zeitung wieder Kontakt zu mir auf. Smilg-Benario war inzwischen verstorben und sein Nachfolger, Kurt Hamburger, konnte das „Semanario Israelita" infolge eines Augenleidens nicht mehr leiten. Ich wurde zunächst Redakteur an der Seite von Hamburger. Wenige Monate später, zu Beginn des Jahres 1979, wurde mir dann die gesamte Verantwortung der Zeitung von der „Theodor-Herzl-Gesellschaft" im Hause ihres Vorsitzenden, Peter Wind, übertragen. Ab nun hatte ich meine eigene Zeitung, die ich nicht nur herausgab, sondern auch als Chefredakteur leitete. Trotzdem blieb ich aus finanziellen Gründen bis 1992 auch im „Argentinischen Tageblatt". Folglich war ich von 8.00 bis 14.00 Uhr im „Semanario Israelita", verkaufte dann noch etwas Bijouterie und war um 18.00 Uhr in der Redaktion des „Tageblattes". Finanziellen Gewinn konnte man mit dem kleinen „Semanario" schon in den ersten Jahren kaum machen.

Zum Glück gab es eine Reihe Mitarbeiter, die ehrenamtlich für das „Semanario Israelita" tätig waren und denen ich stets zu grossem Dank verpflichtet war und bin. Es waren in erster Linie: Erika Blumgrund, eine dynamische Frau, die sich auch als Malerin, Poetin, Übersetzerin und Gymnastiklehrerin betätigte. Sie schrieb in fast jeder Ausgabe über jüdische Persönlichkeiten, ihre Jugenderinnerungen, führte Interviews und absolvierte viele Pressekonferenzen. Dann gab es den Musikkritiker Curt C. W. Weissstein, dessen Aufgabe nach seinem Ableben, vom Filmkritiker Leo Levin, einem heute 98 jährigen gebürtigen Berliner, übernommen wurde. Helmut Cohn aus Hamburg schrieb mit viel Gespür für die Wirklichkeit und einem grossen Schuss Humor, über Wirtschaft und Finanzen. Werner Kroll aus Berlin, der ehemaliger dpa-Chef in Buenos Aires, verfasste sehr viele Leitartikel. Rodolfo Jacobi, ein gebürtiger Hamburger, schrieb Artikel mit dem Schwerpunkt Religion und Tagesgeschehen in Israel. Roberto Schopflocher, ein Schriftsteller aus Fürth, leitete die Literaturecke und Dr. Roberto Lamberg, ein Sprachtalent aus der Tschechoslowakei und langjähriger Lateinamerikachef der NZZ, brachte gelegentlich historische Themen.

Den „Rest" schrieb ich selber, redigierte die Artikel der Mitarbeiter und griff auch gelegentlich zur Schere, um Material aus anderen Blättern zu schöpfen. Hierbei muss ich betonen, dass wir in Buenos Aires am Ende der Welt sassen und es für uns sehr schwierig war, an Informationen mit spezifisch jüdischer Thematik heranzukommen. Grosse Probleme bekam ich mit den Chefs der beiden jüdischen Zeitschriften aus der Schweiz, von denen ich gelegentlich Artikel übernommen hatte und die mit Honorarforderungen (unter Androhung von Gerichtsverfahren bei Nichterfüllung) an mich herantraten. Die monatlichen Zahlungen hätten mein ganzes Jahresbudget überstiegen! Obwohl ich ihnen detailgenau meine schwierige finanzielle Lage mehrmals geschildert hatte, blieben sie bei ihren Forderungen und legten mir nahe, die Zeitung einzustellen, wenn sie finanziell nicht tragbar sei! Auch eine Zusammenarbeit mit dem in New

York erscheinenden „Aufbau", die vom damaligen Chefredakteur Westphal angeregt und von mir begeistert aufgenommen worden war, konnte nicht verwirklicht werden, da die Geschäftsführung der Zeitung Westphal nach sehr kurzer Amtszeit entliess.

Ich sah in meiner Tätigkeit stets eine Aufgabe im Dienste meiner Schicksalsgemeinschaft. Wie bereits gesagt, gab es nicht viel Geld zu verdienen. Meistens war ich froh, am Ende des Monats bei „null" abzuschliessen und in den letzten Jahren musste ich gar Geld zuschiessen. Aber für mich hatte die Zeitung eine andere Bedeutung. Sie war mein Lebenswerk, mit dem ich vielen Lesern erfreuliche Stunden bereiten konnte. Ich versuchte den Brückenschlag zur alten Heimat und trat für ein besseres Verständnis zwischen jüdischen und nichtjüdischen Deutschen ein. So wie ich stets gegen die gängigen Äusserungen über „die Juden" ankämpfte, wollte ich auch nicht den Ausdruck „die Deutschen" gelten lassen. Es gab und gibt in beiden Lagern gute und schlechte, kluge und dumme sowie ehrliche und böse Menschen. Für diese Bemühungen zur Verständigung wurde ich mit dem Verdienstkreuz Erster Klasse des Verdienstordens der Bundesrepublik Deutschland, vom damaligen Präsidenten Richard von Weizsäcker verliehen, ausgezeichnet. Diese Ehrung war für mich von grosser Bedeutung und erfüllte mich mit Stolz. Die Presse in Buenos Aires berichtete ausführlich und ich erhielt viele Glückwünsche von Institutionen und Verbänden.

Zu der Zeremonie der Ordensverleihung in der Botschaft der Bundesrepublik Deutschland in Buenos

Aires, konnte ich etwa zwanzig Personen einladen. Leider musste ich damals viele Freunde und Bekannte aussen vor lassen, und die Auswahl fiel mir sehr schwer. Ich hatte, ausser der Familie (meine Frau, meine Enkelin Julieta Verónica, meine Tochter Mónica, mein Sohn Miguel und dessen Frau Nora sowie deren Kinder Karina und Max) die meisten der ehrenamtlichen Mitarbeiter des „Semanario Israelita", persönliche Freunde, sowie meine ehemaligen Chefs im „Argentinischen Tageblatt" - Dr. Roberto und Juan Alemann sowie den Chefredakteur Peter Gorlinsky - eingeladen. Der Botschafter hielt eine kurze Rede und auch ich richtete mich an die Anwesenden. Danach wurde Sekt serviert, wir genossen die schönen Räume der Botschaft sowie den Garten und blieben noch geraume Zeit zusammen.

Tätigkeit in anderen jüdischen Institutionen

Zu jener Zeit war ich auch Vizepräsident des argentinisch-jüdischen Journalistenverbandes, gehörte dem Vorstand des Briefmarkenklubs AFO in Olivos an, sass im Vorstand des Verbandes der Fachjournalisten für Philatelie und vieles mehr. Briefmarken waren schon als Kind mein grosses Hobby. Damals sammelten allerdings fast alle Jungen irgendwelche Marken, besonders die mit hübschen Bildchen oder aus fernen Ländern, klebten sie mehr oder weniger ordentlich in Alben oder Hefte ein und jeder brüstete sich mit der Anzahl seiner Schätze, ohne den Wert zu berücksichtigen. Man tauschte nach Gutdünken und war mächtig stolz, ein schönes Exemplar gegen etliche unscheinbare Marken ergattert zu haben. Das änderte sich in dem Moment, als man ein Briefmarkengeschäft betrat - meistens staubige, unscheinbare kleine Läden, wo auf einmal jede Marke einen Preis hatte. Da wurden uns Kindern Grenzen gesetzt und man erfuhr von Katalogen, um eine Ländersammlung aufzubauen und musste beklemmt feststellen, dass alles, was irgendeinen Wert hatte, für uns unerreichbar war und wir wirklich nur Ramsch angehäuft hatten! Meine Mutter nahm bei ihrer Auswanderung meine „Sammlung" mit, doch als ich sie später aus Geldmangel verkaufen wollte, bekam ich sehr wenig dafür.

Jahre später begann ich wieder zu sammel, diesmal

jedoch planmässig nach Katalog. Ich stiess schnell an die Grenzen meiner finanziellen Möglichkeiten, eine komplette Sammlung - zu der auch die kostspieligen Abarten, das heisst unterschiedliche Zähnungen, Papier oder Druckfehler gehören - aufzustellen. Mehrmals wechselte ich die Länder und hatte endlich eine fast vollständige Israel-Sammlung. Eines Tages erlag ich der Verlockung, mich der Thematik-Philatelie zu verschreiben. Jedes Thema muss schwer „erarbeitet" werden, da es keine Kataloge mit allen dazu gehörigen Markenausgaben aus der ganzen Welt gibt. Anders als die Motiv-Philatelie, wo ein einziger Blick genügt, um eine Marke als dazugehörig zu identifizieren, muss man bei der Thematik das Thema und die erforderlichen Zusammenhänge kennen, das heisst, ein echtes Studium betreiben. So baute ich mir eine Judaica-Sammlung auf, die nach Persönlichkeiten, Synagogen, Marken auf denen hebräische Buchstaben figurieren, Antisemitismus, Bibelzitate, Jerusalem und das Heilige Land, etc. geordnet war. Damals wurde ich Mitglied der frisch gegründeten Judaica-Sammlergemeinschaft und auch gleich zu deren Vizepräsident gewählt. Wir beschlossen sogar, eine eigene Zeitung alle zwei Monate zu veröffentlichen und konnten dieses Vorhaben auch über drei Jahre hinweg verwirklichen! Natürlich war ich derjenige, der die Arbeit leistete und auch bei zwei Gelegenheiten diese Fachzeitschrift gratis meinem „Semanario Israelita" als Beilage einfügte.

Ich war sehr stolz auf diese Sammlung, bis ich eines Tages auf einer internationalen Ausstellung auf zwei

Exponate brasilianischer Sammler stiess und merkte, dass mir beinahe mehr Material fehlte, als ich bisher mühsam zusammen getragen hatte! Und diese beiden Sammler waren nicht die bekanntesten auf diesem Gebiet... So beschloss ich, mich neuen Themen zuzuwenden, wo es weniger Konkurrenz gab. Ich begann, mich gleich drei Themen zu widmen, die allerdings miteinander verknüpft waren: Frieden, Menschenrechte sowie Verfolgte und Gefangene. Ich nahm an mehreren Ausstellungen teil und erhielt eine Reihe von Medaillen und Diplome, die ich denen für meine philatelistischen Artikel der „Briefmarkenecke" im „Argentinisches Tageblatt" auf zum Teil internationalen Ausstellungen hinzufügte. Diese Sammlung habe ich auch heute noch.

Daneben war ich auch in der B'nai B'rith engagiert und war von 1996 bis 1998 Präsident der von Deutschen gegründeten Filiale „Tradicíon". Die B'nai B'rith ist eine grosse jüdische Loge mit weltweit etwa 500.000 Mitglieder. Die Wohltätigkeit richtet sich allerdings an alle Menschen in Not, nicht nur an Juden. Es gab zum Beispiel einen Freundeskreis für Blinde mit regelmässigen Musikveranstaltungen, dazu Kaffee und Kuchen und ein großes Jahresabschlussfest Dorthin kamen mehrheitlich bedürftige Katholiken. Jedes Jahr verliehen wir in Buenos Aires Menschenrechtspreise an verdiente Persönlichkeiten.

Eine weitere wichtige Errungenschaft von „Tradición" war, dass Emilie Schindler, die unlängst verstorbene Frau von Oskar Schindler, über 30 Jahre von uns betreut wurde. Sie bekam ein Haus im Vorort

San Vicente gebaut, sämtliche Rechnungen von Strom über Gas bis zu den Steuern wurden für sie gezahlt. Zusätzlich zahlten wir ihr eine monatliche Unterstützung, so dass sie ein finanziell sorgenfreies Leben führen konnte. Das alles wurde wohlgemerkt schon dreissig Jahre vor Spielbergs „Schindlers Liste" eingerichtet! Emilie war auch Ehrenmitglied des Hilfsvereins, so dass sie bei Bedarf an Pflege jederzeit in das Altersheim der Organisation hätte ziehen können.

Alltägliche Korruption und andere Sitten und Gebräuche

In einem Zeitungsartikel in Buenos Aires stand einmal der bemerkenswerte Satz über einen Politiker, er sei „ziemlich ehrlich" (bastante honesto), womit ihm eigentlich ein Lob ausgesprochen werden sollte! Denn jeder Argentinier kennt die grosse aber auch die kleine, alltägliche Korruption im Lande. Die Polizei zum Beispiel sucht von morgens bis abends Bäckereien, Pizzerien und Lebensmittelgeschäfte im Umfeld ihres Reviers auf, um sich gratis zu versorgen. Wenn der Bäcker öffnet, steht bereits ein Streifenwagen vor der Tür, um Gebäck mitzunehmen. Diese Art des Einkaufes setzt sich bis in die späten Nachtstunden fort, wenn noch mal schnell eine Pizza gefragt ist. Kein Kaufmann traut sich, Anzeige zu erstatten und wer die argentinische Justiz kennt, würde ihm den Rat erteilen, davon auch in Gedanken Abschied zu nehmen.

Briefträger und die Leute von der Müllabfuhr verteilen vor Weihnachten Grusskarten an alle Haushalte, was mit einer Geldspende honoriert werden muss. So man einmal kein Geld gibt, kann man sicher sein, im kommenden Jahr nur unregelmässig Post zu erhalten, oder wahlweise den Mülleimer überfüllt vorzufinden. Eine ganz besondere Einrichtung findet sich im Umkreis von Dienststellen, die sich mit der Erledigung von Instanzenwegen befassen. Diese Büros tragen den Namen „Gestorias". Der Gestor ist eine aus dem täglichen Leben nicht fortzudenkende Person. Denn wer einmal ein Duplikat seiner Wagenpapiere braucht oder nur die Liste der erforderlichen Unterlagen für irgend eine Eingabe oder Anfrage, muss mit mindestens zwei verlorenen Tagen mit Schlangenstehen rechnen, bevor der Antrag überhaupt am zuständigen Schalter landet. So begibt sich der kluge Bürger zum Gestor, der für ein relativ geringes Entgelt alle Schritte unternimmt und die Wartezeit von etwa vier Wochen auf 24 Stunden reduziert. Der Witz dabei ist, dass es oft die Amtsleiter der Institutionen sind, die mit ehemaligen Mitarbeitern die Büros betreiben und sich mit allen Tricks und Schikanen auskennen, mit denen sie üblicher Weise das Leben eines Normalbürgers belasten. Es gibt auf den Ämtern sogar eigene Schalter für Gestores, wo die Anträge im Eilverfahren auf Kosten der restlichen Bevölkerung erledigt werden.

Auch sonst gibt es einige ungewöhnliche Sitten und

Bräuche. Die Werbung für die miteinander konkurrierenden Ambulanzen ist dabei ein Thema für sich: Die Wagen fahren mit Blaulicht und Sirenen durch die bereits im Stau erstickenden Strassen der Stadt, damit jedermann sich nach ihnen umsieht und den Namen des Unternehmens auf den Fahrzeugen liest. Da bekannt ist, dass viele von ihnen lediglich auf Werbetour sind, passiert es oft, dass den Ambulanzen mit wirklichen Verletzten oder Schwerkranken kein Platz gemacht wird. Gelegentlich verbluten so mitten im Zentrum von Buenos Aires Unfallopfer, da die Retter eine dreiviertel Stunde und länger benötigen, um zu ihnen vorzudringen.

Für deutsche Verhältnisse ungewöhnlich ist auch die Art der Rentenzahlung. Erst zwei Wochen nach Monatsbeginn kann der Rentner seinen geringen Betrag bei einer bestimmten Bank abholen. Die Mindestrente in Argentinien beträgt lediglich 145,- argentinische Peso (die bis zum erneuten Beginn der Inflation im Januar 2002 ebensoviel wert waren wie us-amerikanische Dollar), wobei die Lebenshaltungskosten, mit wenigen Ausnahmen, etwa doppelt so hoch wie in Deutschland liegen. So bilden sich zu den jeweiligen Stichtagen lange Rentner-Schlangen. Nicht nur innerhalb der Bank, die zumeist die vielen Menschen nicht fassen kann, auch ausserhalb stehen die alten Menschen bei jedem Wind und Wetter an, um zuerst ein Formular an einem Schalter abzuholen und sich an einem zweiten dann das Geld auszahlen zu lassen. Der Versuch einiger Privatbanken, den Rentnern ein kostenloses Sparkonto einzurichten, auf das

das Geld eingezahlt und jederzeit abgehoben werden kann, scheiterte an dem Protest der nicht an der Rentenzahlung beteiligten Geldinstitutionen, die dadurch den Verlust eventueller Sparer in ihren Institutionen verhindern wollten - so, als ob man von der Rente überhaupt etwas sparen könnte...

Militärdiktatur und die Folgen für Journalisten

Mitte der 70er Jahre schien Argentinien vollends im Chaos zu versinken. Juan Domingo Perón kam aus seinem spanischen Exil zurück, nachdem sein Statthalter Héctor Cámpora zum Präsidenten gewählt worden war, der auch gleich, wie verabredet, zurücktrat, um die Wahl Peróns zu ermöglichen. Perón starb jedoch kurze Zeit später. Seine zweite Frau, „Isabelita" genannt, war in der auch für Lateinamerika ungewöhnlichen Nespotie als Vizepräsidentin gewählt worden und erwies sich völlig unfähig, den chaotischen politischen Zuständen Einhalt zu gebieten. Es spielte sich eine Situation hoch, in der Mord und Totschlag an der Tagesordnung standen. Links- und Rechtsextremisten bekämpften sich gegenseitig, wobei die Rechtsextremisten mit der Bezeichnung „AAA" vom damaligen Wohlfahrtsminister López Rega befehligt wurden. Dieser Mann, ein ehemaliger Unteroffizier der Polizei, war während des Exils Peróns Privatsekretär und wurde nach der

Rückkehr in Argentinien zum General befördert. Er praktizierte okkulte Wissenschaften und wurde in der Bevölkerung nur noch „El brujo", der Hexer, genannt. Diese „AAA"-Schlägertruppe pflegte mit ihren Autokolonnen unter Sirenengeheul durch die Strassen zu rasen und aus den Wagenfenster hinaus mit Gummischläuchen auf die Autos neben ihnen einzuschlagen, damit man sie vorbeilasse. Aus anderen Wagenfenster waren bedrohlich Gewehrmündungen auf die Autofahrer gerichtet, so dass sie wirklich freie Fahrt hatten. Auch jeder eigentlich unbeteiligte Mensch konnte in jener Zeit leicht sein Leben verlieren: Jeden Tag explodierten irgendwo Bomben, Menschen wurden entführt, die Terroristen schossen mit Maschinengewehren auf Restaurantbesucher und legten als Spielzeug getarnte Bomben auf Spielplätzen aus.

Am 24. März 1976 übernahmen die Militärs dann die absolute Macht in Argentinien. Die überwiegende Mehrheit der Bevölkerung war froh und hoffte, dass nun erstmal Ruhe einkehren werde. Anfangs dachten doch alle, es werde eine Militärdiktatur geben, die ähnlich wie ihre vielen Vorgänger funktionieren werde: Ruhe auf den Strassen und Beruhigung der wirtschaftlichen Situation. Wir hatten es schon oft erlebt, dass auf diese Weise mit dem relativ geringen Preis des zwischenzeitliche Aussetzten von Wahlen, sich das Land und mit ihm die eigene Lebenssitutaion wieder etwas stabilisieren konnte. Dass diese Militärdiktatur jedoch eine Gefahr für jeden Menschen darstellte, war nicht voraussehbar. Denn was dann kam, war Friedhofsruhe! Sogar auf der vielbefahrenen Autobahn, die an der Marineschule vorbeiführt, wurden Schilder mir einem Soldaten mit dem Gewehr im Anschlag aufgestellt, wo noch zusätzlich „Stehenbleiben verboten" geschrieben stand.

Schnell wurden wir uns der neuen Situation bewusst. Nach und nach verschwanden ungefähr 90 Journalisten aus den verschiedensten Redaktionen. Sie wurden gefoltert und ermordet. Das „Argentinische Tageblatt" berichtet nicht viel über diese Vorgänge. Schliesslich war der Bruder Roberto Alemanns, Juan, Finanzstaatssekretär dieser Militärdiktatur! Die Vorgänge wurden also heruntergespielt und man tat so, als wären alle Ermordeten zuvor Terroristen gewesen. Dennoch wussten wir alle, dass man auch ohne zuvor eine Bombe gelegt zu haben, in das Visier der Militärs geraten konnte, einfach weil man im Adressbuch eines Verdächtigen auftauchte, von jemandem angezeigt wurde oder zur falschen Zeit am falschen Ort war.

Auch in meiner Zeitung hatte ich Angst, über die Vorgänge offen zu berichten. Man kam nur mit sehr viel Glück lebend aus den berüchtigten Folterzentren heraus. Gezeichnet von den Verbrechen, die hinter diesen Mauern begangen wurden, war man in jedem Fall. Wir Journalisten waren also alle dreifach und zehnfach vorsichtig und haben versucht, nicht anzuecken. Auch die deutschsprachigen Zeitungen wurden im Innenministerium übersetzt und gelesen - selbst mein kleines „Semanario Israelita"! Das sollte ich eines Tages auch zu spüren bekommen: Ich hatte über den Unterrichtsminister geschrieben, er sei ein Faschist. Tags darauf kam ein Herr in Zivil zu mir in die Redaktion, zückte einen Ausweis der „Coordination Federal", einer Art argentinischer Gestapo. Er fragte, wer hier verantwortlich für den Inhalt sei. Daraufhin gab ich mich als Chefredakteur zu erkennen. Ich traute mich, ihn zu fragen, ob er daran zweifle, dass der Mann ein Faschist sei. Er betrachtete mich sehr aufmerksam und sagte zunächst nichts. Ich fragte ihn daraufhin, ob sein Besuch als letzte Warnung aufzufassen sei, oder ich gleich mitkommen müsse. Er antwortete, es sei die letzte Warnung und ging. Natürlich hielt ich mich daraufhin noch mehr zurück. Wieviele Menschen während der Militärdiktatur insgesamt 'verschwanden', ist bis heute nicht eindeutig erwiesen. Man spricht von bis zu 30.000 Opfern, unter denen 12.000 Fälle zweifelsfrei nachgewiesen wurden. Auch mehrere Kinder meiner Bekannten waren darunter.

Der Sturz der Militärs wurde dann durch die Niederlage im Krieg gegen die Briten eingeleitet. Es ging um die Malvinasinseln, die man in Europa „Falklandinseln" nennt. Durch diese Niederlage ging die Reputation der Militärs endgültig verloren. Erst später erfuhr man von der ungenügenden Ausrüstung der argentinischen Soldaten, die für diesen Krieg nicht vorbereitet waren und dass man mehrheitlich Rekruten aus einer der warmen Region des Landes, der Provinz Corrientes, auf die nasskalten Inseln im Südatlantik geschickt hatte. Diese jungen Wehrdienstleistenden waren schon von den klimatischen

Bedingungen dieser Umgebung vollkommen überfordert, zudem schlecht ausgebildet und nur unzureichend ausgerüstet. Sie waren lediglich billiges Kanonenfutter.

Anfangs konnte noch eine patriotische Welle in Gang gesetzt werden, zum Beispiel im Verlauf einer 24stündigen TV-Sendung, in deren Verlauf Künstler, Sportler und sonstige Prominente zu Spenden für die Soldaten aufriefen. Die Bevölkerung gab sich grosszügig und sogar Eheringe wurden abgestreift, Schüler schrieben Briefe an die Soldaten und verschickten Päckchen mit Süssigkeiten. Kurze Zeit später tauchten diese Süssigkeiten allerdings in verschiedenen Kiosken auf, das heisst, auch hier war die Korruption nicht untätig geblieben. 1983 wurden die Militärs schliesslich, nach diesem noch einmal mehrere Tausend Menschenleben kostenden Krieg, von einer demokratisch gewählten Regierung unter Präsident Raúl Alfonsin abgelöst.

Die wirtschaftliche Situation wurde durch diesen Wechsel zunächst noch einmal sehr viel schlimmer. Wir waren Phasen mit erheblicher Inflation schon lange gewöhnt, jetzt jedoch begann die Hyperinflation. Es gab tägliche Geldentwertungen von mehreren Prozent. Ich konzentrierte meine Energien nicht mehr auf die Zeitung, sondern versuchte, das Geld vor dem Wertverlust zu bewahren. Die Banken boten damals bis zu 50% Zinsen im Monat an, doch man verlor immer. Ich habe damals am Freitag gedruckt und bekam am Montag die Rechnung. Erst dann wusste ich, was mich die Zeitung kostete! Die

Abonnenten- und Anzeigenpreise wurden dann von Nummer zu Nummer angepasst, hinkten aber natürlich immer hinterher. Ein Halbjahresabonnement des „Semanario Israelita" kostete zwischenzeitlich 600.000,- Austral. Die Zeit der Hyperinflation dauerte so drei bis vier Jahre.

Im Gegensatz zu Chile gab es aber zumindest zunächst den Versuch, die Verbrechen der Militärs juristisch aufzuarbeiten. Zum ersten Mal in der argentinischen Geschichte wurden Militärs vor ein Zivilgericht gestellt! Die Angeklagten wurden dann auch verurteilt, sassen eine Weile im Gefängnis, wurden später allerdings zum grossen Teil wieder amnestiert. Heute leben sie alle relativ unbehelligt in Argentinien, werden allerdings von der Gesellschaft verachtet. Inzwischen konnte auch der Militärdienst abgeschafft werden und die Streitkräfte wurden reduziert. Ich hoffe, dass ihre Macht jetzt endgültig gebrochen ist.

Identität der Emigranten

Während des Falklandkrieges kehrte sich bei vielen Emigranten ihre durch die Flucht entstandene Identität hervor. Es gab damals zum Beispiel einen deutsch-jüdischen Journalisten, Manfred Schönfeld, der vehement den Krieg der Argentinier verteidigte! Er mauserte sich zu einem extremen Nationalisten, der die folternden Militärs damit indirekt unterstützte. Sein Bestehen auf der ausschließlichen Korrektheit des argentinischen Vorgehens war schon allein deshalb erstaunlich, weil er viele Jahre lang Korrespondent der argentinischen Zeitung „La Prensa" in London gewesen war. Dort in London gab es eine kleine Emigrantenzeitung, die „AJR", die mich bat, ein Interview mit Schönfeld zu führen. Ich sollte ihn fragen, wie er zu seiner kompromisslosen Meinung käme. Auf meine Frage antwortete der gebürtige Berliner, dass er Argentinien auf alle Zeit zu Dank verpflichtet sei: Das Land habe es seinen Eltern ermöglicht, eines natürlichen Todes zu sterben und anstatt durch den Schlot zu gehen, auf einem jüdischen Friedhof beerdigt zu werden. Er habe daher die moralische Pflicht, Argentinien zu verteidigen.

Viele der Emigranten waren jedoch in ihrem Gefühl Argentinien gegenüber sehr gespalten. Bis heute haben zum Beispiel die Hälfte von ihnen nicht die argentinische Staatsbürgerschaft angenommen. Auch ich bin nie Argentinier geworden. Wir fühlten uns nicht als Argentinier und wollten zudem keinen Pass haben, in dem stand „Argentino naturalizado", also „eingebürgerter Argentinier", kein „geborener". Man wäre ein Argentinier zweiter Klasse gewesen. Außerdem bestand der einzige Nachteil, die Staatsangehörigkeit nicht anzunehmen, darin, nicht wählen zu können. Wen aber sollte man in Argentinien auch wählen? Ob man sich für General X oder General Y entschied, war belanglos und hatte im Alltag keine Auswirkungen. Zum Reisen hatten wir in den Anfangsjahren alle kein Geld, sodass uns der Personalausweis genügte, da er unseren legalen Aufenthalt im Lande bestätigte.

Als „Gringo" kam man ins Land, und ein solcher blieb man auch, egal welchen Pass man hatte. Wenn man sich mal über etwas beschwerte, sagten die Argentinier „na, wenn es dir nicht gefällt, kannst du ja nach Hause zurückgehen". Ich fühlte mich in Argentinien nicht zu Hause und wollte nicht mit dem Pass eine ohnehin nicht existierende Zugehörigkeiten demonstrieren. In Argentinien war man nie Bürger sondern immer Untertan. Es gab nie ein wirklich demokratisches Bewusstsein in der Bevölkerung. Und wir Emigranten waren und blieben die Außenseiter. Ich bin zum Beispiel einmal mit meinem Auto in einer Einbahnstrasse gefahren. Mir kam ein Schulbus in verkehrter Richtung entgegen, vollbesetzt mit Kindern. Ich hielt an, da wir ohnehin nicht aneinander vorbeigepasst hätten und sagte dem Busfahrer, dies sei eine Einbahnstrasse und er solle umkehren. Seine Antwort war das typische, warum ich denn nicht „nach Hause ginge, wenn es mir hier nicht gefiele". Jede Kritik ist für Argentinier eine Verschwörung des Auslandes gegen Argentinien - und die Ausländer sind immer an allem schuld!

Die Frage des Passes klärte sich dann auch bald anderweitig. Zu Beginn der 50er Jahre war in Westdeutschland ein Gesetz erlassen worden, dass uns die Wiedereinbürgerung ermöglichte. Es war ein immenser bürokratischer Aufwand, für den man alle möglichen Papiere brauchte. Wie viele andere auch habe ich mich aber wieder einbürgern lassen, da ich mich nach wie vor als Deutscher fühlte. Andere Emigranten meinten damals, dass sie nie wieder deutschen Boden betreten werden, eine andere Gruppe vertrat die Ansicht, wonach „wir per Gesetz ausgebürgert wurden und demnach per Gesetz wieder eingebürgert werden müssten". Alles respektable Argumente. Ich meinte jedoch, dass diejenigen, die uns jetzt wieder einbürgern wollten nicht die gleichen Personen seien, die uns seinerzeit ausgebürgert hatten.

Erster Besuch in Deutschland

Durch meine Tätigkeit als Journalist hatte ich immer gute Kontakte zur deutschen Botschaft. Dort lernte ich zu Beginn der 80er Jahre den damaligen Pressereferenten, Georg Boomgaarden, kennen. Er verschaffte mir zu meiner grossen Freude eine Einladung nach Deutschland, ausgestellt vom Bundespresseamt! Von meinem bescheidenen Gehalt hätte ich eine solche Fahrt niemals bezahlen können und sass nun völlig unerwartet Mitte Januar 1984 im Flugzeug nach Deutschland! Ich durfte mir aussuchen, welche Orte ich besuchen wollte und hatte so die Gelegenheit, Frankfurt, München, Berlin, Düsseldorf, Bonn, Essen und Hamburg kennenzulernen.

Ich besuchte diverse Zeitungsredaktionen und führte mit vielen Leuten Gespräche. So entstand mein erster direkter Eindruck vom Nachkriegsdeutschland - und ich war sehr beeindruckt! Zum ersten Mal seit über 40 Jahren war ich in einem Land, wo alles funktionierte! Es war fast schon ein Schock, wenn ich auf dem Fahrplan las, dass der Zug um 14.52 Uhr auf Gleis 4 kommen sollte, und der Zug auch tatsächlich um 14.52 Uhr auf Gleis 4 ankam! In Argentinien waren Fahrpläne, so es überhaupt welche gab, eher Glückssache. Die Züge und Busse fuhren mal häufiger, mal seltener, mal 24 Stunden später, mal gar nicht, je nachdem, wie die Fahrer, Techniker und sonstigen Angestellten gerade Zeit, Lust und funktionierende Wagen zur Verfügung hatten. Man konnte in Deutschland auf eine Rolltreppe gehen und diese begann dann zu laufen - wie erstaunlich! Besonders beeindruckte mich auch in Berlin das KaDeWe mit seiner Lebensmittelabteilung. Für jemanden, der aus der argentinischen Mangelwirtschaft kam, war das ein echtes Paradies. Wunderbare Sachen aus der ganzen Welt! Ein Deutscher Journalist sprach später mit mir und fragte, wo ich überall gewesen sei. Als ich das KaDeWe erwähnte, sagte er nur, „Ach, dieser Konsumtempel!". Ich hätte ihm niemals erklären können, was es heißt, jahrzehntelang auf all diese schönen Dinge verzichten zu müssen.

Ich bekam damals sogar von der „Jüdischen Allgemeinen Wochenzeitung" das Angebot, bei ihnen für ein gutes Gehalt als Redakteur zu arbeiten. Die Redaktion war damals völlig überaltert und bestand zum Großteil aus Nichtjuden. Ich bin aber nicht darauf eingegangen, da ich wusste, dass meine damalige Frau mich nicht begleiten würde. Denn schliesslich hatte ich schon in den 50er Jahren wieder nach Deutschland zurückgewollt, war aber am massiven Widerstand von ihr und ihrer Familie gescheitert. Sie sprachen von Deutschland nur als dem

„Mörderland", das man nicht wieder zu betreten habe. Ich hatte also in Argentinien bleiben müssen und statt Wirtschaftswunder Perón, Militärdiktaturen und Hyperinflationen erleben müssen!

Manche Dinge, die ich auf meiner Reise erlebte, schienen mir jedoch etwas unklar. Einmal ging ich durch eine Redaktion und hörte wie sich zwei gegenübersitzende Redakteure unterhielten: „Könnten Sie mir bitte eine Zigarette verkaufen?" Der andere hat sie ihm auch wirklich verkauft! Ich war sehr verblüfft, weil man in Argentinien Zigaretten anbietet und in der Regel auch frei herumliegen lässt. Also fragte ich den Chefredakteur, wie lange die beiden da schon zusammen arbeiten und er antwortete, etwa zehn Jahre. Ich wunderte mich dann um so mehr über das „Sie" in der Anrede - nach zehn Jahren!

Während meines Aufenthalts in Berlin wollte ich auch zu unserem alten Wohnhaus gehen. Ich hatte mir einen Satz zurechtgelegt, den ich den neuen Mietern sagen wollte. Dass ich aus Buenos Aires käme, hier mal gewohnt hätte und nur einmal schauen wollte. Am ersten Tag in Berlin traute ich mich jedoch nicht, da zu viele Emotionen im Spiel waren. Am zweiten Tag bin ich dann mit klopfendem Herzen hingefahren und sah, dass dort gar kein Haus mehr stand, sondern ein Parkplatz angelegt worden war. Ich war sehr schockiert, da ich diesem Augenblick über Wochen mit grosser Erwartung entgegengefiebert hatte. Und nun war dort nichts mehr von unserer Vergangenheit zu sehen - ein Parkplatz anstelle des Hauses, in dem ich meine Bar Mitzwa Feier hatte, die „Reichskristallnacht" erlebte und mein Vater starb! Zum Grab meines Vaters wollte ich damals nicht gehen. Er liegt auf dem Friedhof Weissensee begraben, in Ostberlin, der damaligen DDR. Der Pressereferent der Deutschen Botschaft hatte mir angeboten, mir das entsprechende Visum zu besorgen. Ich lehnte aber ab, weil die DDR für mich ein Gefängnis war - und dorthin wollte ich nicht freiwillig gehen.

Als ich nach fast zwei Wochen wieder in Buenos Aires ankam, hatte ich mir ein sehr positives Bild von der Bundesrepublik gemacht - und fand es um so schwieriger mich wieder den Widrigkeiten des argentinischen Alltages anpassen zu müssen.

Im Gelobten Land

Ich fuhr nicht direkt von Deutschland nach Argentinien. Da ich aus argentinischer Perspektive betrachtet, nun schon einmal so in der Nähe war, flog ich zuvor noch nach Israel. Es war mein erster Aufenthalt im „Heiligen Land". Jerusalem beeindruckte mich sehr. Gleich am ersten Tag besuchte ich die Überreste des letzten Tempels, die „Klagemauer". Obschon nicht sehr religiös, war ich doch sehr mitgenommen von diesem Erlebnis. Schliesslich hatte auch ich in meiner Kindheit und Jugend oft genug das Glaubensbekenntnis „Schmah Israel", Höre Israel, gebetet und mich zu Pessach mit dem rituellen Vorsatz von meinen Glaubensbrüdern verabschiedet „und nächstes Jahr (feiern wir) in Jerusalem". Jetzt war ich dort, sah die orthodoxen Juden, die sich im Gebet wiegten, die Brautpaare, die sich hier ihren Segen holten und war sehr ergriffen von der Präsenz dieser heiligen Stätte. Ich dachte in diesem Moment an meine Mutter, die inzwischen verstorben, sich diesen Wunsch nicht mehr hatte erfüllen können: Einmal hierher, an die Tempelmauer im Herzen Jerusalems zu kommen, um ein Gebet zu sprechen...

Zwei meiner Vettern waren in den 30er Jahren nach Palästina emigriert und in ein Kibbuz gezogen. Es gab natürlich zunächst eine grosse Wiedersehensfreude und wir erzählten uns in Kurzfassung, was wir in all den Jahrzehnten erlebt hatten. Bald stellte ich jedoch auch fest, dass man sich nach so langer Zeit in unterschiedlicher Umgebung doch sehr fremd geworden war. Einmal zum Beispiel musste mein Vetter etwas erledigen und sagte, ich könne ja solange fernsehen. Er stellte mir einen angeblich guten Film an und liess mich damit allein. Das Problem war, dass es sich um einen ägyptischen Film in arabischer Originalsprache handelte, der lediglich Hebräisch untertitelt war. Ich verstand überhaupt nichts und gab nach einer Weile den Vorsatz auf, die Handlung nachvollziehen zu können.

Ich machte einige Ausflüge innerhalb des Landes, sah mir Tel Aviv diese pulsierende Metropole mit dem herrlichen Badestrand an, pflanzte einen Baum im KKL-Wald bei Jerusalem und besuchte auch Jad

Vashem, die Gedenkstätte für die ermordeten Juden. Dieser zweite Teil der Reise, der mich nach Israel führte, war weit emotionaler als mein Deutschlandbesuch. Es fiel mir sehr schwer festzustellen, dass ich mich hier, im „Land der Juden" nicht verständigen konnte, dass mir viele Sitten und Gebräuche sehr fremdartig erschienen und ich dann doch immer wieder glaubte, mich zugehörig fühlen zu müssen. Während dieser Reise machte ich mir mehrfach Gedanken über meine „jüdische Identität", woraus sie eigentlich bestand und was sie mir bedeutete. Was ist ein Jude? Das einzige was mich mit einem marrokanischen oder irakischen Juden verbindet ist die Thora. Nichts weiter. Seine Lebensart, seine Sprache, seine Umgangsformen, sein ganzes Sein, sind grundverschieden von meinem. Trotzdem werden wir von anderen als „die Juden" gesehen, als Einheit, als Gemeinschaft.

Durch Geburt wird man Mitglied dieser Gemeinschaft. Ob man will oder nicht, man ist drin. Ich bin oft, nicht nur während der Nazizeit, als Jude angegriffen worden. Oftmals hatten diese Situationen eigentlich nichts damit zu tun, dass ich Jude bin, nur fiel meinem Gegenüber nichts anderes ein, als mich eben als „Scheiss-Juden" zu bezeichnen. Ich habe mir immer gewünscht, dass wenn das Individuum Finkelstein einen Fehler macht, auch Finkelstein als Individuum angegriffen wird, nicht aber als Mitglied einer Gruppe - deren Zugehörigkeit er sich ja gar nicht ausgesucht hat. Nicht immer bestimmen also die Juden, ob sie Juden sind oder bleiben wollen, sondern die Umwelt macht das, in dem sie einen immer wieder darauf hinweist.

Perón hatte zum Beispiel zwei jüdische Minister russisch-polnischer Herkunft. Einer hat mal braune Schuhe zum blauen Anzug getragen, und schon hieß es, „die Juden können sich nicht anziehen". Wenn einer dieser Minister irgendetwas verkehrt gemacht hat - und jeder Minister macht mal was verkehrt - dann hieß es „die Juden" können keine Politik machen. Machte hingegen einer der katholischen Minister einen Fehler und sah schlecht aus, wäre niemand auf die Idee gekommen, dass auf alle Katholiken umzumünzen!

Ich habe sehr viel über jüdische Traditionen und die Glaubensgrundsätze gelesen. In meiner Zeitung habe ich jüdische Belange verteidigt und mich durch diese Arbeit in den Dienst meiner Gemeinschaft gestellt. Mein Schicksal ist die durch das Judentum bedingte Emigration und ein Grossteil meiner Familie ist auf Grund ihres Judeseins vernichtet worden. Ich bin mir bewusst, was es bedeutet, Jude zu sein, aber ich praktiziere es heute nicht mehr, weil ich den Glauben an Gott verloren habe. Das heißt, dass ich auch kein Christ, Buddhist oder Mohammedaner geworden bin oder jemals sein werde. Mein Sohn hat eine Christin geheiratet. Zwei meiner drei Enkelkinder sind somit nicht mehr jüdisch. Und meine zweite Frau ist auch eine Christin. Und dennoch wird es für viele andere Menschen immer sehr wichtig bleiben, dass ich ein Jude bin.

Jüdisches Leben in Argentinien

In Argentinien gibt es relativ viele Juden, etwa 300.000. Nur eine Minderheit stammt aus Deutschland, die Mehrheit ist polnischen oder russischen Ursprungs. Friedhofsschändungen und kleine Anschläge sind in Buenos Aires - wie wohl überall auf der Welt - immer wieder vorgekommen. Zu Beginn der 90er Jahre jedoch zerstörten zwei Ereignisse die Illusion des Zusammenlebens. 1992 kam es zu einem Attentat auf die israelische Botschaft und 1994 auf das Gemeindezentrum „AMIA". Insgesamt starben weit über 100 Menschen. In beiden Fällen ist bisher niemand für die Verbrechen verurteilt worden!

Es ist aber allgemein bekannt, dass die argentinische Polizei, ganz besonders die der Provinz Buenos Aires mitgewirkt hat. Die Auftraggeber stammten aus dem Iran, der ja oftmals Anschläge gegen Juden als „Beitrag zum legitimen Befreiungskampf der Palästinenser" bezeichnet hat. Für Geld haben die argentinischen Polizisten dann gerne diese Morde begangen. Es gibt viele Hinweise: Der Beamte, der immer vor der Tür der Botschaft stehen musste, war gerade in dem Moment der Explosion nicht am Platz; der Streifenwagen vor der AMIA war leer; das Auto, in dem die Bombe transportiert wurde, gehörte einem Polizisten und ähnliches mehr. Auch die Modalität der Auto-Bombe war bereits bei früheren Anschlägen gegen US-Einrichtungen, wie in Beirut, angewandt worden. Die israelische Botschaft in Buenos Aires hat erdrückendes Beweismaterial gesammelt, um Attentäter und Drahtzieher vor Gericht zu bringen. Die Untersuchungen verlaufen natürlich immer im Sande, da der argentinische Justizapparat und seine Exekutivkräfte sich ja nicht selbst in ein schlechtes Licht stellen möchten.

Auch sonst war das Leben als Jude in diesem Land am Ende der Welt nicht immer sehr einfach. Wir Emigranten bekamen nämlich zum grossen Teil keine Rente aus Deutschland. Dieser Skandal hing mit einem Abkommen zusammen, das von der Jewish Claims Conference 1996 mit Deutschland ausgehandelt worden ist. Dieses Abkommen gilt nur für in den USA und Israel lebende Emigranten! Ausgerechnet für die amerikanischen, die doch ohnehin in der Regel von ihrer Rente gut leben! Die Emigranten im Rest der Welt hatten keine Lobby und waren völlig gleichgültig.

Ich rege mich sehr auf, als ich davon hörte und veröffentlichte einige böse Artikel in meiner Zeitung. Ich beschwere mich auch bei der Jewish Claims Conference in New York, wie es nur zu diesem Abkommen hatte kommen können. Eines Tages kam dann ein Brief aus New York, wo die JCC mir mitteilte, ich möge mich an die argentinische Regierung wenden, damit die ein entsprechendes Abkommen mit Deutschland aushandelt. Also waren sie nicht nur so unverschämt, ein derart einseitiges

Abkommen auszuhandeln, sondern auch obendrein noch zynisch! Schliesslich ist doch wohl bekannt, wie sehr sich südamerikanische Regierungen für ihre eigene Bevölkerung einsetzen. Wie intensiv sie dann erst für ausländische Juden kämpfen würden, war doch offensichtlich!

Auch mit dem Vizepräsidenten des Jüdischen Weltkongresses habe ich damals darüber gesprochen. Er versprach mir, sich sofort zu kümmern. Gehört habe ich bis heute nichts. Für mich sind der Jüdische Weltkongress und die Claims Conferenc riesige bürokratische Unternehmen, die Milliarden Dollar angehäuft haben und nur noch zum Selbsterhaltungszweck da sind. Ich weiß von keinem Fall, wo sie einem wirklich bedürftigen Juden freiwillig Geld gegeben haben. Es ist sehr schade für mich zu beobachten, dass diese Organisationen, die nur sich selbst vertreten, auch noch das Bild von Juden in der Welt prägen!

Reise ins Herz des Jazz: New Orleans

1994 endlich erfüllte sich mein Traum, New Orleans „live" zu erleben. Ich verbrachte eine Woche in dieser faszinierenden Stadt und genoss jeden Augenblick! Zunächst ging ich ins Jazz-Museum, schaute mir dort alles an und fragte, wer den besten Jazz-Laden in der Stadt habe. Man verwies mich an die „Jazz Factory".

Deren Inhaber wisse alles über diese Musik und alles, was es über Jazz gab, fände sich in seinen Regalen. Ich lief eine Weile durch seinen Laden und staunte nicht schlecht, da ich eine solche Sammlung von Platten, Kasetten und Videos noch nie gesehen hatte. Im Gespräch mit dem Inhaber erfuhr ich dann, dass vor einigen Stunden ein bekannter Schwarzenführer gestorben war und am nächsten Morgen zu Grabe getragen würde - wobei mindestens drei Bands den Trauerzug begleiten würden. Allerdings schränkte der Ladenbesitzer sofort ein, sei die Gegend um den entsprechenden Friedhof wahrlich keine Gegend für Weisse.

Dennoch wollte ich mir diese einmalige Gelegenheit nicht entgehen lassen und bestieg am nächsten Morgen ein Taxi. Nachdem ich dem Fahrer die Adresse gesagt hatte, drehte der sich sogleich verwunderten um und fragte, ob ich auch wirklich dorthin wolle. Ich bejahte, wobei er bedenklich den Kopf schüttelte und seine Sorgenfalten auf der Stirn nichts gutes ahnen liesen. Ich blieb jedoch dabei und kam in eine Gegend, die ich bei Dunkelheit bestimmt nicht betreten hätte! Die Häuser waren alle sehr heruntergekommen und die Menschen wirkten auf den ersten Blick nicht sehr vertrauenserweckend...

Ausser mir war weit und breit kein Weisser zu sehen! Ich erkundigte mich nach dem Weg, den der Trauerzug von der Leichenhalle einschlagen werde und stellte mich inmitten der Leute an den Strassenrand. Trotz meiner hier sehr unpassenden Hautfarbe schien niemand von mir Notiz zu nehmen. Und wenn sich einmal Blicke trafen, so waren sie stets von einem freundlichen Lächeln begleitet. Es waren sogar ganze acht Bands, die bei der Beerdigungen aufspielten! Fast zwei Stunden zog der Trauerzug zum nahen Friedhof. Wie berauscht lauschte ich den Klängen der Instrumente, sah die langsamen, tänzerischen Schritte der Menschen, die die Bands, den Sarg und die Hinterbliebenen in den dunklen Limousinen begleiteten. Es war ein wunderschönes Erlebnis echten, authentischen Jazzs. Ich wünschte mir, auch einmal eine solche Beerdigung haben zu können, bei der die Menschen nicht in erster Linie traurig und verzweifelt sind, sondern sich der Musik und ihrem Rhythmus ganz hingeben! Und wie sie fröhlich swingend vom Friedhof zurückkehren, denn inzwischen war die Seele des Toten ja bereits im Himmel angelangt...

Tags darauf besuchte ich eine Kirche, die mir eine junge Schwarze an der Rezeption des Hotels empfohlen hatte. Wieder war ich der einzige Weisse in einem reinen Schwarzen-Stadtteil. Ich wurde mit „God bless you" am Eingang begrüsst und setzte mich in die hinterste Reihe, um niemanden zu stören. Mehrere freundliche Blicken begleiteten mich und ich fühlte mich sofort nicht mehr fremd. Zwar kannte ich die Zeremonien des Gottesdienstes aus Filmen, doch dies nun hautnah und echt zu erleben, war ein fantastisches Ereignis! Solisten und der Chor, mehrere begleitende Musiker und die ganze Gemeinde erfüllten die Kirche mit einem unwahrscheinlich schönen, vollen und erhebenden Gesang, der einen mitriss!

Die Predigt war elektrisierend und wurde mit Spannung von den Gläubigen verfolgt. Es gab Beifall, „Halleluya"-Rufe und viele zustimmende „Amen". Die Füsse und Körper bewegten sich rhythmisch und es war nicht zu verkennen, dass hier kein versteinerter Ritus praktiziert wurde, sondern diese Menschen ihre Religion „lebten". Besonders beeindruckt war ich von einem Lied, dass der Pfarrer angestimmt hatte. Er werde, so sang der Pfarrer, nach seinem Ableben im Jenseits auf seinen „Bruder" warten. Er benannte als „Bruder" einen der Männer, der dieses Lied fortsetzte und seinerseits den Namen einer Frau nannte, die daran anknüpfte. So ging es quer durch die Gemeinde. Dann drehte sich eine junge Schwarze nach mir um und fragte mich nach meinem Namen. Nachdem sie genannt worden war, drehte sie sich erneut zu mir, und sang, sie werde „auf meinen weissen Bruder Max warten". Ich war von einer derartigen Emotion übermannt, dass ich nur, mit Tränen in den Augen, leise danken konnte, was von der Gemeinde mit viel „Amen", „Halleluya" und „Praise the Lord" honoriert wurde.

Nach dem Gottesdienst wurde ich eingeladen, an einer Bibelstunde teilzunehmen. Es ging um Adam, Eva, die Schlange, die verbotene Frucht vom Baum der Erkenntnis, die Sünde und die Vertreibung aus dem Paradies. Jeder hatte einen Satz aus der Bibel vorzulesen und kurz zu kommentieren. Auch ich tat dies. Ich sagte, man solle Adam nicht zu hart richten, da er ja nur Eva als Menschen und Gott nur als eine Stimme kannte. Die Wahrheit in Form der Bibel habe er damals noch nicht gehabt, so dass er nichts hatte, nach dem er sich richten konnte. Ich wurde mit Glückwünschen für meinen Kommentar überschüttet und auch der Prediger meinte, er habe noch niemals zuvor in dieser Richtung meiner Interpretation nachgedacht und werde sie in Zukunft verwenden. Dann verabschiedete ich mich und wurde erneut mit vielen „God bless you" bedacht.

Abends durchstreifte ich auch die Touristen-Strassen, besonders Basin-Street und besucht die „Hall of Fame", einen heruntergekommenen, fast dunklen, windschiefen Schuppen, wo jedoch noch echter Jazz gespielt wurde. Ich fand auch noch andere Gegenden, wo nicht nur für Touristen, sondern für das einheimische Publikum musiziert wurde. Einen Abend verbrachte ich bei einem Konzert von Pete Fontaine - einem Klassiker des Swing. Natürlich musste ich auch mit einem Raddampfer auf dem Mississippi fahren! New Orleans war wie ein sieben Tage währender Traum, ein unvergessliches Erlebnis, von dem ich noch heute zehre!

Ex-Bolivianer-Treffen

Die meisten der Emigranten, die zunächst nach Bolivien emigriert waren, haben das Land im Laufe der Jahre wieder verlassen. Einige wenige haben es in die USA geschafft, manche sind nach Israel gegangen, die Mehrheit aber zog wie ich nach Argentinien weiter. Zu einigen dieser „Ex-Bolivianer", wie wir uns selbst nannten, hatte ich auch in Buenos Aires noch viel Kontakt. Den aus Bochum stammende Werner Heymann und den Breslauer Ernst Brinitzer beispielweise traf ich regelmässig. Bei einem unserer gemeinsamen Abendessen unterhielten wir uns über die inzwischen fast 50 Jahre vergangene, gemeinsam verbrachte Jugend in Bolivien und es entstand dann die Idee, ein Treffen aller noch in Buenos Aires lebender Ex-Bolivianer zu veranstalten.

Das Treffen wurde in meiner Zeitung angekündigt und breitete sich auch mittels Flüsterpropaganda aus. Untereinander waren viele noch befreundet, so dass schließlich 125 Personen kamen. Das Fest wurde ein großer Erfolg. Es fand am 6. August statt, dem bolivianischen Nationalfeiertag. Ich hatte zur Überraschung aller Gäste sogar eine bolivianische Folkloregruppe aufgetrieben, wovon vorher keiner wusste. Wir saßen dann stundenlang bei Kaffee und Kuchen und schwelgten in Erinnerungen und Nostalgie. Wir hatten uns zwar alle sehr fremd in

Bolivien gefühlt und waren froh gewesen, als wir dem Land endlich den Rücken kehren konnten! Dennoch sahen wir jetzt fast wehmütig auf diese Zeit zurück - denn es war unsere Jugend gewesen, während wir jetzt schon alle über 70 Jahre alt waren. Ausserdem war es für uns alle spannend, Menschen wieder zu treffen, die man seit Jahrzehnte nicht mehr gesehen hatte, und zum grossen Teil auf der Strasse auch nicht mehr wiedererkannt hätte. Nach so langer Zeit einmal zu hören, wie es den anderen ergangen war, und wie sie ihr Leben hatten meistern können, war sehr interessant.

Uns alle einte jedoch, dass die Emigration sich prägend über unser Leben gelegt hatte. Auch in Argentinien waren die meisten nicht heimisch geworden und fanden die Mehrzahl ihrer Freunde unter anderen Emigranten. Man hatte sich untereinander geheiratet, so dass auf diesem Fest kaum einmal ein spanisches Wort zu hören war. Die Kinder und Enkel stellten zumeist die einzige wirkliche Wurzel da, die man hatte entwickeln können - denn die Nachfahren waren alle „richtige Argentinier", ohne Deutschkenntnisse und mit mässigem Interesse an der Emigrationsgeschichte ihrer Eltern.

„Semanario Israelita" vor dem Aus

Diese Integration der Kinder und Enkel in die argentinische Gesellschaft hatte für meine Zeitung verheerende Auswirkungen: Es gab keinen Nachwuchs bei der Leserschaft. Statt dessen bedeutete jeder gestorbene Emigrant ein Abonnement weniger. Auch die Inserate gingen zurück. Die Geschäftsleute unter den Emigranten starben ebenfalls oder gingen zumindest in Rente, so dass ihre Unternehmen keine Anzeigen mehr schalteten. Darüber hinaus verloren die Leser natürlich auch als potentielle Werbekunden an Attraktivität. Sie waren alt, hatten keine sehr grossen Bedürfnisse mehr und kauften in der Regel seit Jahren in den selben Geschäften ein. Warum sollte man sie also „umwerben"? Hatte ich also in den ersten Jahren beim „Semanario Israelita" noch etwas verdient und dann zumindest über lange Zeit eine schwarze „Null" als Ergebnis erwirtschaftet, musste ich ab Mitte der 90er Jahre regelmässig Geld zuschiessen. Jetzt merkte ich, wie teuer der Untertitel meiner Zeitung „Unabhängiges Jüdisches Wochenblatt" war! Denn Angebote, mich einer bestimmten religiösen Richtung zu verschreiben, um dafür entsprechend bezahlt zu werden, hatte ich viele. Allerdings wäre es dann eben nicht mehr das bekannte, vielstimmige „Semanario Israelita" gewesen, sondern ein reines Sprachrohr einer religiösen Strömung oder einer Partei.

Ich kämpfte also immer mehr um das finanzielle Überleben. Journalistisch jedoch bekam ich während der vielen Jahre des Bestehens mehrfach gänzlich unerwartete Hilfe: Etwa zwanzig junge Deutsche arbeiteten nacheinander als Praktikanten bei meiner Zeitung. Es waren sehr wichtige Treffen für mich, da ich durch diese Begegnungen auch das neue, demokratische Deutschland kennenlernte. So wurde ich in meiner Annahme bestätigt, dass die nachwachsende Generation sich doch sehr stark von ihren Eltern unterschied und in der Lage war, ein gesundes politisches und gesellschaftliches System zu erhalten.

Ich meinerseits brachte den Praktikanten nicht nur die Grundlagen des Journalismus bei, sondern erklärte ihnen auch vieles aus der jüdischen Religion und Tradition. Sie waren alle sehr interessiert, weil sie bis dahin Juden nur als Opfer der Shoah kennengelernt hatten. Noch heute bin ich mit einigen dieser ehemaligen Praktikanten in Kontakt, die zum Teil bei grossen Zeitungen arbeiten.

Alle journalistischen Bemühungen waren jedoch umsonst. Ich versuchte eine Weile sogar, den spanischen Teil der Zeitung von vier auf zwölf Seiten zu erhöhen, um so den Leserkreis zu erweitern. Das Ergebnis war jedoch lediglich, dass alle meine alten Leser entsetzt waren über die Rückstellung des Deutschen, neue Leser hingegen nicht gewonnen werden konnten. Ich schrieb schnell wieder alles auf Deutsch und versuchte es noch einmal mit der Beigabe der „Comunidades", einer spanischsprachigen, jüdischen Zeitung. Alles war jedoch vergeblich. Die Stammleser wurden immer älter, hinzu kamen Probleme mit den Augen, Parkinson und Alzheimer, und in vielen Fällen mangelte es vielen Lesern immer mehr überhaupt an Interesse für politische Themen. Mein wichtigster Akquisiteur, Hans Stern, ging nach Israel, was ein weiterer Schritt auf dem Wege zur Einstellung der Zeitung bedeutete.

Das endgültige Ende der Zeitung hatte jedoch noch einen anderen Hintergrund.

Die Liebe

Im Februar 1997 erhielt ich in der Redaktion wieder einmal Besuch von einer jungen Frau aus Deutschland, Kerstin Schirp. Sie studierte in Hamburg Politische Wissenschaften und Geschichte und war während der Semesterferien in Buenos Aires, um ein Praktikum beim „Argentinischen Tageblatt" zu machen. Zu meiner Zeitung hatte sie Dr. Hendrik Groth gesandt, der seine Doktorarbeit über das „Tageblatt" geschrieben hatte, dort sein Volontariat abschloss und inzwischen Chef-Korrespondent der dpa in Argentinien war. Wir unterhielten uns mehrfach, während sie in den alten Ausgaben des „Semanario Israelita" und der Vorgängerin „Jüdische Wochenschau" nach einem möglichen Diplomarbeitsthema suchte. Ende März flog sie zurück nach Hamburg. Wir hatten uns recht gut verstanden, dachten aber keineswegs in den kommenden Monaten ständig aneinander. Nur ein einziger Brief erreichte mich aus Hamburg, in dem sie mir mitteilte, im Juli zurückzukehren, um über das Deutschlandbild der deutsch-jüdischen Emigranten eine Arbeit zu verfassen.

Nach ihrer Rückkehr änderte sich dann jedoch recht schnell alles, was ich bislang mit Praktikanten erlebt hatte. Sie hatte über einen Bekannten ein Zimmer vermittelt bekommen, das - Zufall oder Schicksal - nur vierhundert Meter von meinem Haus entfernt war. Und das in der 16 Millionen-Metropole Buenos Aires! So fuhren wir jeden Morgen gemeinsam mit dem Auto in die Stadt. In der Redaktion schrieb sie Artikel für mich, arbeitete daneben grosse Stapel alter Ausgaben durch und interviewte einige Emigranten. Am Nachmittag fuhren wir gemeinsam wieder nach Hause, so dass wir allein während der Autofahrten täglich fast zwei Stunden miteinander sprachen. Erstaunlicher Weise fand nicht nur ich sie im Laufe der Zeit immer interessanter und attraktiver, auch ich schien ihr nicht egal zu sein!

Es begannen einige Monate, in denen ich mich jeden Tag sehr darauf freute, zur Arbeit gehen zu können, die Wochenenden jedoch endlos erschienen! Es erschien mir zunächst vollkommen undenkbar, dass ich mit Kerstin, die damals erst 23 Jahre alt war - und somit 49 Jahre weniger zählte als ich - tatsächlich eine dauerhafte Liebe erleben könnte. Sie war nicht nur sehr jung, sondern auch Nichtjüdin, studierte und hatte einen ganz anderen Hintergrund als ich. Wahrscheinlich machten gerade diese Unterschiede einen grossen Teil der Anziehung aus. Nach einem halben Jahr entschlossen wir uns zusammenzuziehen. Ich hatte damals erhebliche Sorgen, da ich nicht nur meine erste Frau verlassen musste, sondern auch dachte, dass keiner meiner Freunde mehr mit mir sprechen werde. Es stellte sich jedoch heraus, dass nicht einer der Leser sein Abonnement kündigte und alle Freunde sich weiter mit mir trafen - und sogar die Frauen unter ihnen mich zu meiner Entscheidung beglückwünschten!

Für mich begann jetzt ein ganz neues Leben. Hatte ich zuvor eigentlich alleine vor mich hingelebt, da meine erste Frau keine meiner Interessen teilte und auch nie meine Zeitung las, konnte ich auf einmal alles gemeinsam mit einer jungen, klugen, humorvollen und schönen Frau machen! Wir wollten beide gerne reisen und machten schnell mehrere Fahrten nach Brasilien, in die Dominikanische Republik, Chile, Uruguay und die USA.

Zu ihrer mündlichen Diplomprüfung in Hamburg begleitete ich Kerstin. Sie stellte mich ihrem Professor, Hans Kleinsteuber, vor, der an meiner Geschichte interessiert war und mich bat, bei der Eröffnung seines Politik-Seminars, mit Schwerpunkt Journalismus, zu den Studenten zu sprechen. Kerstin warnte mich, die Universität hätte nichts mit den heeren Phantasien von Bildung zu tun, die ich hatte. Es werde nur eine Handvoll Studenten geben, die ständig kämen und gingen, ihre Stullen ässen, sich unterhielten und gelegentlich etwas anderes läsen. Statt dessen war der Saal jedoch bis auf den letzten Stuhl besetzt, an der Tür hing noch eine Traube von Studenten, die drinnen keinen Platz gefunden hatten. Ich sollte eigentlich einschliesslich der Beantwortung von Fragen nur 45 Minuten sprechen. Während meines Vortrages war absolute Stille, kein Flüstern oder Kauen war zu hören! Es wurden sehr viele Fragen gestellt, so dass ich am Ende die vollen 1,5 Stunden sprach und selbst beim Fortgehen noch von den Studenten mehrmals angesprochen wurde. Das einzige, was fehlte, war der Wunsch nach einem Autogramm! Für mich war es ein ganz besonderes Ereignis, da ich hier vor Studenten einer renommierten Universität sprach, ohne selbst auch nur einen Schulabschluss zu besitzen!

Ratlose Russen und Behörden in Berlin

Während unseres Aufenthaltes in Deutschland, waren wir auch kurz nach Berlin gefahren. Wir überlegten seit einer Weile, Buenos Aires zu verlassen und hatten uns über mehrere Optionen Gedanken gemacht. Berlin war mein Favorit, da ich die Stadt noch immer als meine Heimat empfand und zudem endlich einmal in einem Land leben wollte, wo man mir nicht sagen konnte, dass ich „doch nach Hause gehen solle, wenn es mir nicht gefalle". Kerstin und ich wollten uns nun gemeinsam die Stadt ansehen und zudem herausfinden, ob es für mich hier irgendeine Möglichkeit gab, eine Rente und die damit verbundene Krankenversicherung zu erhalten.

Unsere erste Anlaufstelle war die jüdische Gemeinde in der Fasanenstrasse. Hier versuchten wir eine Auskunft zu bekommen, wurden jedoch nur in die Vorhalle des Gebäudes gelassen. Man sei nicht zuständig, wir sollten in die Joachimsthaler Strasse gehen. Obschon es niemand für nötig befand, uns den Weg zu beschreiben, kamen wir aufgrund meiner eigenen Ortskenntnisse an. Noch etwas konsterniert von der nicht eben freundlichen Behandlung in der Fasanenstrasse, bekam ich hier einen richtigen Schock: Ich musste feststellen, dass es scheinbar im ganzen Gebäude in der Joachimsthalerstrasse nur einen Menschen gab, der uns freundlich begrüsste und fliessend Deutsch sprach. Das war der Polizist im Eingangsbereich! Alle anderen sprachen ein Gemisch aus Russisch mit radegebrochenem Deutsch. Sie schienen uns so schnell wie möglich abwimmeln zu wollen und hörten mir bei meiner Frage nach einer Rente gar nicht zu, sondern riefen immer nur, ich solle mich um Sozialhilfe bemühen. Ich versuchte ihnen zu erklären, dass ich über 60 Jahre für mein Geld gearbeitet hätte, dass Bundesverdienstkreuz verliehen bekommen hatte und auf den Empfängen der Deutschen Botschaft aus und ein ging. Es wäre mir doch recht peinlich gewesen, aus dieser Position heraus nun Sozialhilfe zu beantragen!

Zudem war ich in einem Deutschland aufgewachsen, dessen intellektuelle und wissenschaftliche Elite zu einem erheblichen Teil von deutschen Juden geprägt wurde. Nun befand ich mich also im Zentrum dieser Bildung, Berlin, und schien Russisch lernen zu müssen, um überhaupt etwas erreichen zu können! Kerstin schlug dann die lateinamerikanische Methode vor: Wir würden vor der Dame, die angeblich zuständig und kompetent war so lange sitzen bleiben und nicht den Raum verlassen, bis wir eine klare Antwort auf unsere Frage hätten: Ob es eine Rente für Berlin-Rückkehrer gab. Nach längerem Aufenthalt, in dem wir schon mehrfach an den Schultern geschoben und herausbedeutet worden waren, rief sie denn auch endlich im Roten Rathaus an, dass für Besuchsrückkehrer zuständig war. Sie vereinbarte einen Termin und wir machten uns auf den Weg.

Auf unserer Busfahrt zum Rathaus kamen wir an dem Grundstück neben dem Brandenburger Tor vorbei, auf dem das Denkmal für die ermordeten Juden errichtet werden soll. Mir fiel das alte amerikanische Sprichwort ein: „Only a dead Indian is a good Indian". Ich hatte den Eindruck, das gleiches auch für deutsche Juden galt. Schliesslich schien es leichter, Millionen und Abermillionen für ein paar Steinplatten auszugeben, als einem rückkehrenden Emigranten auch nur die Frage nach einer Rente zu beantworten!

Im Roten Rathaus erwartete uns eine freundliche Dame, die darauf hinwies, dass sie nur für das Besuchsprogramm, das die Stadt Berlin für Berliner Emigranten eingerichtet hatte, zuständig sei. Ich erlaubte mir darauf hinzuweisen, dass ich vorhätte zu bleiben. Sie schien etwas schockiert. Mit einem solchen Problem war sie noch nie konfrontiert worden! Die Frage nach einer Rente könne mir nur eine andere Abteilung beantworten, ich müsse ins Landesverwaltungsamt fahren.

Die Sprechstunden des Amtes waren allerdings gerade vorbei, sodass wir freie Zeit hatten, die wir zu einem Besuch der Synagoge in der Oranienburger Strasse nutzten. Ich hatte seinerzeit hier gelegentlich gebetet und kannte das Gotteshaus noch „in Betrieb". Jetzt erwartete mich ein nurmehr von aussen ähnliches Gebäude. Ich musste eine Sicherheitsschranke passieren und dahinter Eintritt bezahlen! Nun sei hier jetzt eine Ausstellung untergebracht, sagte mir ein junger Mann, der einen kleinen Verkaufsstand vor dem Hauptsaal aufgebaut hatte. Ich war mir sicher, der einzige Jude weit und breit zu sein und liess meine Mütze auf dem Kopf. Denn eigentlich rechnete ich fest damit, dass man mich bitten werde, die Mütze doch in einem ehemals so heiligen Hause abzunehmen... Ich war von den Vorkommnissen des Tages so genervt, dass ich mich auf die sich an so einen Kommentar anschliessende Auseinandersetzung richtig freute und mir schon zurecht gelegt hatte, was ich antworten wollte. Zu meinem Leidwesen passierte nichts, so dass ich nur eine wütende und enttäuschte Runde durch die zusammengewürfelte und langweilige Ausstellung machte und das Gebäude dann wieder verliess.

Am darauf folgenden Tag gingen wir ins Landesverwaltungsamt und wurden unerwarteter Weise kompetent und freundlich bedient. Es gäbe da eine alte Regelung aus Zeiten der DDR, die „Opfern des Faschismus" eine Rente zubillige. Leider sei dieses Gesetzt allerdings befristet gewesen, so dass nur Juden, die vor dem vergangenen August heimgekehrt waren, von der Regelung profitierten. Ich war einigermassen konsterniert, da ich dachte, dass jeder, der im vergangenen Jahr noch ein „Opfer des Faschismus" war, es wohl dieses Jahr auch noch sei. Ja, antwortete man mir, darauf seien einige Politiker auch schon gekommen und bereiteten gerade eine Gesetztesinitiative vor, um die Befristung des Gesetzes aufzuheben. In einigen Monaten wisse man, ob der Aktion Erfolg beschieden sei. Auf meine Frage, wieviele Hunderttausende von Juden man denn als Rückkehrer erwarte, lautete die Antwort, es seien etwa zwölf Personen interessiert... Immerhin gab man mir schon alle im Falle des Falles notwendigen Papiere mit, die ich in Buenos Aires ausfüllen und an das Amt schicken solle.

Abbruch der Zelte in Buenos Aires

Zurück in Buenos Aires begann ich mich mit der Vorstellung anzufreunden, die Stadt nach 50 Jahren wieder zu verlassen. Am schwersten fiel mir, mich von meinem „Semanario Israelita" zu trennen. Die Zeitung wäre allerdings auch unter anderen Umständen wegen der finanziellen Probleme nicht mehr lange zu halten gewesen. Schliesslich fiel die Entscheidung, mit der Ausgabe Nummer 1053 am israelischen Nationalfeiertag das letzte Mal zu erscheinen. Ich versuchte noch, einen möglichen Nachfolger zu finden, der die Zeitung weiterleiten konnte. Da ich mich sehr gut unter den deutsch-jüdischen Emigranten auskannte, war jedoch eigentlich von Beginn an klar, dass niemand ausreichend Zeit, Geld und journalistisches Können haben würde, um die Leitung des „Semanario Israelita" zu übernehmen. So war es dann auch.

Wehmütig verabschiedeten wir uns von den Mitarbeitern der Zeitung. Wir hatten einen Empfang im Altenwohnheim „Vidalinda" organisiert, zu dem die verbliebenen acht Mitarbeiter erschienen. Es gab nur wenige und kurze Reden. Ich verlas den am nächsten Tag in der Zeitung auf der Titelseite erscheinenden Abschiedsartikel, über den ich ein einziges Wort: „Aus!" gesetzt hatte. Kerstin stimmte, sich selbst auf der Gitarre begleitend, die letzte Strophe des Kaddisch-Gebetes mit den Worten „Osse, Schalom bimromaw..." auf Hebräisch an, ich fiel ein und auch die Anwesenden wiederholten diese Strophe mit Inbrunst. Ich war sehr bewegt und glaube, dass auch alle anderen Mitarbeiter diese Emotionen teilten. Jedem einzelnen überreichte ich eine Gedenkplakette für seine Mitarbeit und auch ich erhielt von den Mitarbeitern einen Teller und ein von allen Anwesenden unterzeichnetes Pergament.

Am nächsten Tag erschienen die Mitarbeiter einer

Speditionsfirma in der Redaktion und in unserer Wohnung und verpackten die komplette Ausgabe der Zeitung sowie einige andere Andenken in Kartons. Unsere Möbel schenkten wir meinem Sohn und nahmen von dem spärlichen Hausrat nur unsere Wäsche und ein paar Bücher mit. Die Flugtickets waren gekauft, wir verabschiedeten uns von Buenos Aires und starten am 28. April 1999 in Richtung Berlin.

Ankunft in Berlin

Am Flughafen wurden wir von Heiner Hartmann abgeholt, einem Freunde, den ich von einer meiner vorherigen Aufenthalte in Berlin kannte. Heiner hatte inzwischen auch alle bürokratischen Finessen auf dem Rentenamt für mich überwunden, so dass jetzt, nachdem das Gesetz tatsächlich in seiner Frist verlängert worden war, ich sofort krankenversichert war und eine Rente überwiesen bekam. Ein für mich heute noch sehr merkwürdiges Gefühl, Geld zu bekommen, für das ich nicht gearbeitet habe! Ich versuche mich mit dem Gedanken zu beruhigen, dass meinen Eltern sehr viel mehr gestohlen wurde, als ich jeh wieder auf diesem Wege zurückbekommen werde.

Heiner brachte uns zum Gästehaus der jüdischen Gemeinde in der Oranienburger Strasse, wo wir die ersten drei Nächte schliefen. Hier wurden wir leider wieder nur von Polizisten erwartet. Meine zuvor geschriebenen Faxe an den Vorsteher der Gemeinde, Andreas Nachama, waren unbeantwortet geblieben. So war ich zuvor noch davon ausgegangen, dass eine Gemeinde, die bei der Unterbringung von mehreren Tausend russischen Juden geholfen hatte, mir einige Tips zur Wohnungssuche und allgemeinen Eingliederung in Berlin geben könnte. Offenbar passte ich wieder einmal in kein Schema und blieb gänzlich unbetreut. Da wir zudem eine stattliche Miete für das Zimmer bezahlen mussten, zogen wir drei Tage später zu Heiner Hartmann und seiner Frau Monika, die uns deutlich freundlicher empfingen!

Zuvor hatten wir bereits meinen Geburtstag am 1. Mai gefeiert. Kerstin und ich waren am Abend des 30. April ins „Hard Rock Café" gegangen, das wir aus Miami kannten und wegen seiner amerikanischen Atmosphäre sehr mochten. Wieder einmal bestätigte sich, dass die Amerikaner einfach die besten Shows machen: Kerstin hatte, während ich auf der Toilette war, einen der Kellner gefragt, ob er um Mitternacht eine Kerze bringen könne, da ich Geburtstag hätte. Statt dessen passierte um Punkt Mitternacht etwas ganz anderes. Die Musik und das Licht gingen aus, ein Scheinwerfer kreiste durch den Raum und leuchtete schliesslich auf unseren Tisch. Aus der Küche kamen mindestens fünfzehn Angestellte mit einer grossen Schokoladentorte, gespickt mit brennenden Wunderkerzen. Sie sangen „Happy Birthday to you" und brachten auch alle Gäste dazu mitzusingen. Über Lautsprecher wurde dann „Max from Argentina" herzlich in Berlin begrüsst, und ich war wirklich sehr, sehr froh, jetzt hier zu sein!

Zurück in „Tiergarten"

Am dritten Tag nach unserer Ankunft in Berlin hatten wir endlich die Energie gefunden, um uns auf dem Wohnungsmarkt umzusehen. Wir hatten eine Weile überlegt, welche Gegend uns am besten gefallen würde. Nach einem Blick auf den Stadtplan, gab es eigentlich keine Fragen mehr: Wir wollten in die Nähe des Tiergartens. Gleichzeitig im Zentrum der Stadt und im Grünen zu sein, schien uns sehr verlockend. Also suchten wir uns ein erschwingliches Angebot in unmittelbarer Nähe der S-Bahnstation Bellevue heraus und gingen zur angekündigten Besichtigung. Da es in Buenos Aires sehr schwer ist, einen Mietvertrag zu bekommen und man unter anderem mehrere Bürgen braucht, hatten wir uns sehr gut angezogen, um zumindest einen guten Eindruck zu machen. Wir waren dann sehr überrascht, die anderen Bewerber zu sehen, die zum Grossteil in ausgebeuteten Hosen und reichlich abgetretenen Schuhen erschienen. Wir trugen Anzug beziehungsweise Kostüm - die Bräuche waren hier offensichtlich anders. Die Wohnung gefiel uns sofort: Sie hatte einen grossen Balkon, vor dem eine mächtige Pappelreihe stand, die noch über unseren sechsten Stock hinauswuchs. Wir wollten sofort mieten und bekamen die Wohnung einige Tage später auch.

Nach der Besichtigung machten wir noch einen kleinen Spaziergang in der Gegend. Zu meiner Überraschung stand ich auf einmal direkt vor meiner alten Schule! Ich konnte es gar nicht glauben, als ich mich diesem grossen Gebäude wieder gegenübersah, dessen hinterer Teil nun zur Vollzugsanstalt Moabit gehörte. Wir gingen zurück und lasen den Strassennamen. Tatsächlich, auch jetzt, nach 60 Jahren hiess der Weg noch „Wilsnacker Strasse"! Ich überlegte einen Moment, ob ich klingeln sollte. Das Gebäude, in dem sich mein Klassenzimmer befunden hatte, diente jetzt allerdings als Wohnhaus, so dass ich davon ausging, ohnehin nichts mehr wiedererkennen zu können. Bis heute überlege ich jedoch oft, wenn ich an diesem Haus vorbeigehe, was wohl aus meinen Mitschülern und Lehrern geworden sein mag.

Offenes Berliner Leben

Gleich in den ersten Wochen nach unserem Umzug hatte ich ein paar Erlebnisse, die mir den grossen Unterschied zwischen dem Leben hier und in Buenos Aires zeigten. Geradezu unglaublich war für mich der „Christopher Street Day". Meine Frau und ich standen am Grossen Stern und erwarteten den Umzug, als die Polizei in einem Auto vorbeifuhr und über Lautsprecher die Menschen freundlich bat, von der

Strasse zurückzutreten, damit die anrollenden Wagen besser vorbeikämen. Ich konnte das gar nicht glauben! Die Polizei „bittet" um etwas, ist freundlich und - unglaublich!!! - schützt Homosexuelle! In Buenos Aires wäre erst einmal alles verboten worden, dann hätte es viel Geschrei und anschliessend wahllos Schläge gegeben! Dann kamen die bunten Wagen mit allerlei schrägen Typen und der verschiedensten Musik. Am besten gefielen mir die „schwulen, jüdischen Polizisten"! Es war ein tolles Erlebnis, eine richtig freie Stadt, eine echte Demokratie! Und über allem wehte von der Siegessäule herab die Regenbogenfahne!

Die Medaille der Freiheit hat natürlich auch eine andere Seite. So sah ich am Bahnhof Zoo die vielen Drogenabhängigen herumstehen. In den Zügen wurden Obdachlosenzeitungen verkauft und an vielen Bahnhöfen sassen Punks mit ihren Hunden auf der Erde und bettelten. So etwas gibt es in Buenos Aires nicht, da jeder versucht, sich anzupassen und nicht aus seiner Rolle zu fallen. Man bemüht sich, eher mehr zu scheinen, als man in Wirklichkeit ist. Selbst die wirklich Armen, die in den Villas Miserias, den Elendssiedlungen, wohnen, ziehen sich so gut wie möglich an und sind immer sauber. Man sieht auch fast nie einen Betrunkenen auf der Strasse, da niemand sich diese Blösse geben würde, für alle sichtbar abhängig oder arm zu sein. Jeder versucht, eine achtbare Erscheinung zu sein.

Auch den Berliner Vandalismus gibt es in Argentinien nicht. Dass man einfach so aus Lust und Laune Sitze in Bussen aufschneidet oder die

Fensterscheiben in Zügen zerkratzt ist dort völlig unüblich. Wenn ein argentinischer Mann beweisen will, dass er „ein richtiger Mann" ist, spricht er fremde Frauen an oder redet besonders laut. Zerstörungen gibt es aber selten.

Familiäres

Mein Sohn Miguel Germán besuchte uns ein Jahr nach unserem Umzug in Berlin. Zuvor hatte er Südamerika noch nie verlassen. Er war sehr beeindruckt von Berlin und passte sich sogar schnell an die hier üblichen Sitten an. Besonders überrascht war er von den Radwegen, die man in Buenos Aires überhaupt nicht kennt. Er liess sich sogar die Mülltrennung zeigen und hielt vor roten Fussgängerampeln an! Kerstin und Miguel verstanden sich sehr gut. Ich war froh, dass sie sich trotz der ungewöhnlichen Situation schon bei den ersten Treffen in Buenos Aires sofort akzeptiert hatten - Kerstin ist immerhin 15 Jahre jünger als mein Sohn! Gemeinsam feierten wir meinen 75. Geburtstag. Wir hatten ein kleines Schiff gemietet, luden Freunde und einige Verwandte ein und begaben uns auf eine Spreerundfahrt. Abends reservierten wir dann ein Lokal im Tiergarten, tanzten und unterhielten uns sehr gut. Es war das erste Mal, dass ich meinen Geburtstag mit einem richtigen Fest feierte!

Kurz nach Miguels Abreise überlegten wir, wo wir

uns das nächste Mal wiedersehen könnten. Da er immer von der Karibik träumte, einem Gebiet, das auch ich liebe, beschlossen wir, uns auf einer der Inseln zu treffen. Von Argentinien aus, ist hier Kuba das günstigste Reiseziel, so dass wir uns im Februar 2001 dort trafen. Dieses Mal waren wir vollzählig, da neben Miguel auch seine Frau Nora und die beiden Kinder Karina und Max kamen. Wir verbrachten wunderschöne und unbeschwerte Tage am Strand und genossen es, uns endlich wieder einmal in Ruhe ausgedehnt unterhalten zu können.

Kuba selbst sagte mir nicht sehr zu. Ich habe die Schwärmereien für Fidel Castro, den Erfinder der Erschiessungsmauer, auf Spanisch „paredón", noch nie nachvollziehen können. Havanna wirkte in erster Linie heruntergekommen. Natürlich stimmt es, dass in fast allen anderen Ländern die Altstädte schon abgerissen wurden, und das alte Havanna nur wegen des politischen Umsturzes noch, wenn auch sehr wackelig, steht. Ich fühlte mich jedoch nicht wohl. Es gab keine Geschäftsstrassen und nicht einmal die in der Karibik üblichen Obststände. Schliesslich ist auf Kuba alles rationiert, die Bevölkerung deckt sich in „Agromärkten" ein, die in ihrer Armseligkeit nicht in das landschaftlich reiche Zentralamerika passen. Den Kubanern ist enger Kontakt zu Touristen verboten, so dass sie häufig ihren Arbeitsplatz wechseln müssen. Auf der Insel „Cayo Largo", wo wir mehrere Tage verbrachten, dürfen die Einheimischen jeweils nur drei Wochen arbeiten, bevor sie wieder versetzt werden.

Kerstin und ich besuchten in Havanna auch die durch den Film „Fresa y Chocolate" berühmte Eisdiele.

Wir fanden sie zunächst gar nicht, da sie nur aus einer einzigen kleinen Hütte bestand, vor der wenige Stühle und Tische angeordnet waren. Es gab alles in allem ganze vier Sorten Eis, die in Dollar zu bezahlen waren. Kein Wunder, dass wir fast unter uns waren - wer hat in Havanna schon zweieinhalb Dollar, nur um sich eine Kugel Eis zu kaufen!

Eines der tristesten Erlebnisse hatten wir jedoch in Trinidad. Eine alte, dürre, schlecht gekleidete und zahnlose Frau kam auf uns zu. Sie wollte uns eine kubanische Münze mit dem Antlitz Ché Guevaras verkaufen - für eine Dollar. Für mich ein Symbol für den allerorten auf Plakaten verkündeten „Sieg der Revolution"...

Reisen in alle Welt

Ich hatte viele Jahre lang davon geträumt, einmal die Welt zu bereisen. Nun hatte ich eine Frau, die auch gerne Neues entdeckte und lebte in einem Land, wo die Preise viel niedriger als in Argentinien waren. Zunächst fuhren wir zweimal nach Afrika, das wir beide noch nicht kannten. In Kenia machten wir eine Fotosafari und kreuzten in Ägypten auf dem Nil. Dort hatten wir ein sehr befremdendes Erlebnis: Wir kamen in Luxor an und waren durch Glück die einzigen Touristen einer Reisegruppe, so dass wir ganz persönlich betreut wurden und alle Fahrten im Taxi anstelle des sonst üblichen Reisebusses machten. Wir assen am Ufer des Nils zu Mittag und warteten dann auf den „Konvoy" nach Assuan. Aus Sicherheitsgründen, so wurde uns erläutert, dürften wir nicht alleine zu dem in Assuan liegenden Nilkreuzer fahren.

Drei Stunden später ging es los. Der „Konvoy" bestand aus einem beeindruckenden Militär- und Polizeiaufgebot mit gepanzerten Fahrzeugen, Sirenen und Verkehrspolizisten an den Strassenkreuzungen, die ihre Maschinengewehre im Anschlag hielten. Der ganze Aufwand diente zur Abschreckung von Terroristen, die einige Jahre zuvor Attentate auf Touristen verübt hatten. Etwa ein Drittel der Wegstrecke fuhren wir so, als unser Konvoy unvermittelt anhielt. Es kam zu einem längeren Palaver zwischen Polizei und Militärs, alle gestikulierten wild und rannten hin und her. Nach einer knappen Viertelstunde begannen unsere Begleiter mit ihren Fahrzeugen zu rangieren und fuhren anschliessend wieder Richtung Luxor zurück! Unser Fahrer fuhr ohne eine Miene zu verziehen alleine weiter und erklärte uns auf Nachfrage, die Gefahr sei hier vorbei. Offenbar hatten die Terroristen versprochen, nur auf der ersten Wegstrecke Anschläge verüben zu wollen...

Im Herbst 2000 fuhren wir nach New York, der Stadt meiner Träume. Wir verbrachten acht herrliche Tage des „Indian Summers" in der Metropole und waren von den so unterschiedlichen Vierteln Manhattans begeistert. Wir besuchten auch einen Gottesdienst in Harlem, wo ich wie in New Orleans feststellte, wie intensiv die Afroamerikaner ihre

Religion leben. Ich nehme an, sollte ich eines Tages einmal in einer amerikanischen Grossstadt leben, würde ich regelmässig in die Kirche der Schwarzen gehen! Die Vielfalt New Yorks war mitreissend, noch nie habe ich ein so buntes Strassenbild gesehen. Gleichzeitig waren die Menschen sehr freundlich. Wenn wir in unseren Stadtplan versunken an einer Strassenecke standen, blieb immer sofort jemand stehen, um uns den Weg zu zeigen. Wir waren vom 8. bis zum 15. September 2000 in New York, also genau ein Jahr vor den Anschlägen auf das World Trade Centre. Ich kann nur hoffen, dass diese freie und offene Stadt ihre Atmosphäre nicht verlieren wird.

Besuch in der Vergangenheit: Gumbinnen

Ich erzählte Kerstin viel von meiner Kindheit in Gumbinnen, so dass sie eines Tages vorschlug, auch diese Stadt zu besuchen. Ich war zunächst nicht sicher, ob ich wirklich noch einmal dorthin wollte, ging ich doch davon aus, nichts mehr wiedererkennen zu können. Schliesslich war nicht nur der Zweite Weltkrieg über Ostpreussen gerollt, auch Jahrzehnte sowjetischer Diktatur würden ihre Spuren hinterlassen haben. Zudem wollte ich nicht in einem Bus mit Heimatvertriebenen über das Land fahren, da ich mir nicht sicher war, ob deren Stimmung mir nicht noch zusätzlich auf den Magen schlagen würde. Schliesslich hatten sich zu Beginn der 30er Jahre die grössten Nazis in Ostpreussen befunden, hier wurde die braune Partei voller Begeisterung gewählt.

Kerstin schlug vor, ohne Gruppe dorthin zu fahren. Sie ging zur russischen Botschaft hier in Berlin, um an Visen für uns zu gelangen. Denn jetzt, 65 Jahre nach meinem Wegzug, brauchte ich ein Visum für meine eigentliche Geburtsstadt! Auf der Botschaft stellte sich jedoch schnell heraus, dass die Russen offenbar nicht an der Förderung des Tourismus interessiert sind. Schon der Herr am Empfang sprach ausschliesslich Russisch, so dass sich Kerstin von einer in den vielen Schlangen stehenden Deutschen erklären liess, was für ein Prozedere dem Visum entgegenstand. Unter anderem sollte man einige Wochen seinen Pass auf der Botschaft deponieren, um den Beamten die nötige Ruhe zum Setzten des Stempels zu verschaffen... Ich verlor schon durch die Erzählungen Kerstins die Lust an der Reise. Sie blieb zum Glück hartnäckig und fand den Kontakt zu einem russischen Reisebüro in Kaliningrad, dem ehemaligen Königsberg, das uns Visa schneller und billiger beschaffen konnte.

Wir fuhren zunächst gemeinsam mit Kerstins Bruder Wolfgang und dessen Frau Katrin nach Polen. Dort besichtigten wir mehrere Städte und verbrachten ein paar schöne Tage an den Masurischen Seen, einer malerischen Landschaft, die ich noch von Ausflügen aus meiner Kindheit kannte. Von Elbing verabschiedeten wir uns dann von den beiden und nahmen ein Schnellboot, dass uns nach Kaliningrad brachte.

Zwischendurch legte das Schiff an und die polnische Grenzpolizei kontrollierte. Wir lagen über eine Stunde fest und wussten nicht, was passieren würde, da die Beamten unter anderem auch Kerstins Pass mitgenommen hatten! Unsere Nervosität stieg noch, als sie einen jungen Polen von Bord holten und wegfuhren. Kerstin erhielt ihr Dokument dann doch zum Glück wieder. Da auch ein Japaner Probleme hatte, dessen Pass in Deutschland ausgestellt worden war, nahmen wir an, dass sich die Polen daran gestossen hatten, dass Kerstins Pass als Ausstellungsort Buenos Aires aufwies.

Die Haupthürde lag jedoch noch vor uns: die russische Grenze. Schliesslich hielten wir das Visum noch nicht in den Händen, sondern sollten an der Anlegestelle von der Mitarbeiterin des Reisebüros abgeholt werden. Als wir von Bord gingen sahen wir uns einer Reihe grimmig blickender, uniformierter Damen gegenüber. Kerstin hatte vor der Fahrt einen Schnellkurs Russisch gemacht und sagte nun, dass wir hofften, unser Visum hier zu erhalten. Tatsächlich lagen die Papiere für uns bereit!

Eine junge Frau aus dem Reisebüro, Ludmilla, erwartete uns mit ihrem kleinen Auto, das sie halsbrecherisch und gegen jede Verkehrsregeln durch die Stadt zu fahren begann. Endlich gelangten wir zu einem grossen, recht heruntergekommenen Hochhaus, in dem sich ein Hotel versteckte. Rundherum waren nur andere Hochhäuser und einige wenige Rasenflächen, auf denen tatsächlich Kühe grasten! Unser Zimmer strahlte Ostcharme aus, aber wir mussten nur wenig bezahlen und brauchten ohnehin nur ein Bett für die Nacht. Jetzt machten wir zunächst einen Ausflug mit Ludmilla durch die Stadt. Wir mussten Geld wechseln. Kein Problem: Sie steuerte uns direkt zu der Hauptstrasse, an der aufgereiht etwa zwei Dutzend wenig Vertrauen erweckender Männer standen. Alle trugen dicke Goldkettchen unter offenen Hemdkragen, waren schlecht rasiert und hielten grosse Geldbündel in der Hand. Hier gäbe es den besten Kurs der Stadt, wie Ludmilla behauptete. Wir waren uns da nicht so sicher, versuchten es aber in dieser Situation nicht mit Widerspruch sondern Vertrauen in unsere Begleiterin. Nach kurzem und heftigem Schlagabtausch zwischen ihr und einem der Männer, gaben wir ihm zweihundert Mark, für die wir einen Packen Rubel erhielten. Ludmilla war sehr zufrieden! Es stellte sich heraus, dass wir tatsächlich sehr gut getauscht hatten und unsere Scheine überall problemlos angenommen wurden.

Jetzt fuhren wir in das ehemalige Zentrum der Stadt. An Stelle des Marktplatzes fanden wir einen Park vor, in dessen Mitte der restaurierte allerdings geschlossene Dom stand. Einige Autominuten entfernt fanden sich jedoch noch alte Gässchen mit niedrigen Häusern. Alle waren jedoch total zerfallen und duckten sich an den aufgerissenen Strassen Richtung Erdboden. Ludmilla schien ganz anderes zu sehen und zeigte uns voller Begeisterung, dass an einer Stelle jemand bereits neue Fenster eingesetzt habe, dieser hier habe eine neue Tür und der dort drüben sogar einen Streifen frischer Farbe über dem Hauseingang! Ein für russische Grossverdiener geplantes Kaffeehaus erwies sich als eine wunderschöne Ablenkung inmitten aller Trostlosigkeit. Unser Eindruck war insgesamt eher deprimierend, so dass wir nach dem Abendessen direkt ins Hotel fuhren, wo wir ein Spiel der deutschen Fussballnationalmannschaft bei der Weltmeisterschaft im Fernsehen anschauten. Auf Russisch selbstverständlich!

Am nächsten Tag bestiegen wir den Zug nach Gumbinnen, für den uns Ludmilla glücklicher Weise Tags zuvor bereits Fahrscheine besorgt hatte. Ich denke, alleine stünden wir immer noch am Kaliningrader Hauptbahnhof! Da gab es mindestens zwanzig verschiedene Schalter auf drei verschiedenen Ebenen, die alle jeweils, so man endlich nach langem Schlangestehen an der Reihe war, nicht zuständig waren. Einige verkauften nur an Rentner, andere nur an Soldaten, die nächsten nicht in diese Richtung, die vierten nicht an Ausländer und so weiter. Ausserdem machten viele genau in dem Moment Pause, wo Ludmilla den Mund geöffnet hatte, um zu erfragen, wo sie denn die Fahrscheine kaufen könnte. Ein kleiner Zug mit der Hand und schon ging der Rollladen des Schalters herunter und die Diskussion war beendet! Nach etwa einer Stunde hatten wir aber doch unsere Tickets, wie alle auf den Namen des Reisenden ausgestellt, in der Hand, mit denen wir jetzt den Zug bestiegen.

Ich nehme an, dass ausser uns hier selten Ausländer fuhren, zumindest betrachteten uns alle sehr interessiert, nachdem sie sich, wie in Russland üblich, für die Fahrt umgezogen hatten und in ihren Nachtanzügen auf den Pritschen sassen. Am Fenster schob sich die wunderschöne ostpreussische Landschaft vorbei. Ich war sehr aufgeregt und gespannt, was mich in meiner ehemaligen Heimatstadt erwarten würde! Nach etwa zweistündiger Fahrt fuhren wir schliesslich in Gumbinnen ein. Am Bahnhof warteten mehrere Taxis. Ein Fahrer eilte auf uns zu und fragte in fliessendem Deutsch, wo wir hinwollten. Ich wusste, dass unser ehemaliges Hotel in der Nähe des Bahnhofes lag, dennoch willigten wir ein, uns fahren zu lassen, um den ersten Eindruck nicht mit Gepäck umherschleppend erleben zu müssen. Wie die Geschichte Menschenleben beeinflusst, zeigte sich auch an den Erzählungen unseres Fahrers. Er war zwanzig Jahre lang als Soldat in der DDR stationiert gewesen - jetzt gab es die DDR nicht mehr, die Sowjetunion auch nicht, statt dessen fuhr er Touristen im ehemals deutschen Gumbinnen herum!

Wir erreichten nach wenigen Minuten das Hotel. Es erinnerte nur noch entfernt an das Gebäude, das einstmals meinen Eltern gehört hatte. Jetzt gab es einen Anbau, die Farbe hatte sich geändert und auch der Innenbereich war umgestaltet worden. Was überdauert hatte war jedoch der Name „Kaiserhof"! Auch den musste Kerstin mir jedoch vorlesen, da er natürlich nur in russischen Lettern am Haus prangte. Ausser uns war noch eine deutsche Reisegruppe in dem Hotel. Der Leiter, ein Russlanddeutscher, lud uns ein, am Abend eine Veranstaltung mit russischen

Folkloregruppen im Bürgerhaus zu besuchen. Wir könnten gemeinsam mit der Gruppe im Bus dorthin fahren. Da wir uns vom Gumbinnener Nachtleben nicht allzuviel erwarteten, willigten wir ein.

Am Nachmittag verabredeten wir uns jedoch zunächst mit dem Taxifahrer, der uns durch die Stadt und Umgebung fuhr. Die Besitzverhältnisse in der Landwirtschaft waren offenbar noch immer nicht geklärt, so dass sich die Natur die Felder wieder zurückgeholt hatte: Wir fuhren an riesigen Heidelandschaften vorbei, Bäume, Blumen und Sträucher bewuchsen alles anstelle der früheren, geordneten Felder. Nirgends war ein Zaun zu sehen, keine Tiere grasten. Für uns war es ein wunderschönes Naturschauspiel, obgleich es für die nun dort lebenden Menschen eine Katastrophe bedeuten musste. An mancher Strassenecke sahen wir somit auch alte Frauen auf Hockern sitzen, die versuchten, eine halbvolle Flasche mit Milch oder einen Strauss Heideblumen zu verkaufen. Wir fuhren an den Überresten von Görings ehemaligem Jagdschloss vorbei und suchten die Stelle, an der meine Eltern und ich früher immer spazieren gegangen waren: Inmitten der Romintener Heide hatte es eine Quelle gegeben, die durch einen Baumstamm geleitet, wie eine grosse Wasserfontäne aus dem Boden schoss. Unser Taxifahrer fragte einige der Menschen am Strassenrand, die Quelle scheint es aber, so wie fast alles aus jener Zeit, heute nicht mehr zu geben.

Zurück in Gumbinnen suchten wir nach meiner ehemaligen Schule, die tatsächlich noch stand! Meine damaligen Gebete, sie möge doch abbrennen, hatten sich allerdings, wenn auch etwas verspätet, erfüllt: In dem Gebäude, wo sich mein Klassenzimmer befunden hatte, waren jetzt nur noch leere Räume, da ein Feuer vor wenigen Monaten das Innere des Hauses total zerstört hatte. Der Hof, auf dem wir uns früher immer zum Morgenappell eingefunden hatten, um mit erhobenem Arm zur Hakenkreuzfahne das Horst-Wessel-Lied zu singen, war aufgerissen, von Steinhaufen übersät und zum Teil bereits mit Büschen bewachsen.

Um das Wahrzeichen der Stadt, den Elch, schien es noch während der sowjetischen Zeit allerlei Auseinandersetzungen gegeben zu haben. An seiner Stelle, direkt vor unserem Hotel, stand jetzt ein Denkmal für den sowjetischen Offizier Gusew, nach dem Stadt dann benannt wurde. Der Elch selbst war auf einen anderen Platz verbannt worden, es gab ihn jedoch noch immer! Die Pissa, der kleine Fluss vor dem Hotel, floss auch noch. Hier und dort fand ich also kleine Versatzstücke meiner Vergangenheit, insgesamt fühlte ich mich jedoch in erster Linie fremd. Nicht nur, dass die Häuser und Menschen nicht mehr die selben waren, man sprach auch eine andere Sprache, die ich noch nicht einmal lesen konnte!

Ich hatte also schon genug gesehen und hatte nichts mehr gegen einen Abend mit Heimatvertriebenen einzuwenden! Wir machten uns gegen acht Uhr auf den Weg. In dem Gemeindezentrum waren allerlei Bänke und Tische aufgestellt. Durch Zufall setzten wir uns direkt neben den Vizegouverneur der „Oblast

Kaliningrad", wie dieser Teil Ostpreussens heute heisst. Er konnte fast kein Deutsch und ich nur drei Worte Russich. Dennoch tranken wir gemeinsam im Laufe des Abends eine Flasche Wodka und verstanden uns immer besser! Einige Monate später erfuhr ich aus einer deutschen Zeitung, dass der Mann sich mit einigen Millionen aus dem Staub gemacht haben soll! An diesem Abend war er jedoch recht sympathisch. Kerstin unterhielt sich während dessen mit einem Ex-Gumbinnener, der inzwischen im Kreis Segeberg, in Schleswig Holstein wohnte, dem Gebiet, aus dem auch Kerstin kommt. Nachdem sie ihm erzählt hatte, was für eine Geschichte ich hatte, wollte er in den späten Abendstunden unbedingt noch mit mir zur ehemaligen Synagoge gehen. Es war eine skurrile Situation, als wir drei durch das dunkle, schlafende und menschenleere Gumbinnen liefen, und nach Anhaltspunkten für den richtigen Weg suchten. Schliesslich waren wir beide seit über 50 Jahren nicht mehr hier gewesen! Tatsächlich stand allerdings die alte Meierei noch, die gegenüber der Synagoge ihren Platz gehabt hatte. Hier war längst ein neuer Klotz hingesetzt worden, nichts erinnerte mehr an das während der „Kristallnacht" verbrannte Gotteshaus. Wir hatten aber unser bestes getan und machten uns nun auf zum Hotel, wo wir noch einigen, recht schlechten, russischen Rotwein tranken und dann ins Bett fielen.

Schon am nächsten Morgen gingen Kerstin und ich zum Busbahnhof und kauften uns einen Fahrschein nach Kaliningrad. Die Fahrt dauerte ungleich länger als mit dem Zug, so hatten wir aber die Möglichkeit, noch etwas mehr von der nach wie vor wunderschönen Landschaft zu sehen. In Kaliningrad angekommen wollten wir das Gebiet nur noch so schnell wie möglich verlassen und fanden einen Touristenexpressbus, der noch am selben Nachmittag nach Berlin fahren sollte. Es wurde eine sehr anstrengende Fahrt, da die Russen an der Grenze zu Polen mehrfache und sehr langwierige Kontrollen abhielten. Die Autos stauten sich kilometerweit, und es drängte sich der Eindruck auf, dass die Grenzbeamten noch nicht bemerkt hatten, dass inzwischen das System gewechselt hatte! Gegen sechs Uhr morgens kamen wir wieder in Berlin an und hatten nach all den Erlebnissen das Gefühl, wochenlang unterwegs gewesen zu sein!

Nach meiner Rückkehr in Berlin veröffentlichte ich einen Artikel über die Reise nach Gumbinnen in der „Jüdischen Korrespondenz". Einer der Leser hatte einen Bekannten in New York, der auch aus Gumbinnen stammte und schickte ihm meinen Artikel zu. So kam es zum ersten Kontakt zwischen mir und Jerry Lindenstrauss, der etwas jünger als ich war und ein Buch über sein Leben veröffentlicht hatte. Lindenstrauss, dessen Vater ein Geschäft gegenüber dem unseren hatte, konnte auch auf ein bewegtes Leben zurückblicken und fand in New York einen weiteren Landsmann aus Gumbinnen, Ernst Cohn, Jahrgang 1920. Im Oktober 2001 besuchte uns Cohn mit seiner Frau in Berlin und schilderte seine Emigration, darunter Jahre beim britischen Militär in Nordafrika und später bei der israelischen Armee, wo er auch seine Frau kennenlernte. Ich begleitete Ernst Cohn zum Ostpreussischen Landesmuseum in Lüneburg, wo er eine Reihe von Fotos und Dokumente abgab. Auch ich hatte viele Fotos von mir und meiner Familie sowie den Militärpass meines Vaters aus dem Ersten Weltkrieg mitgenommen, um sie dem Museum zur Verfügung zu stellen. Diese Dokumente sollen jetzt in eine Ausstellung über Juden in Ostpreussen einfliessen.

Zweite Reise auf Spurensuche: Schweden

Nach einigen anderen kleinen Fahrten, während der wir München und Prag, Hamburg und Dresden, Schwerin und Köln besichtigten, meinen 76. Geburtstag in Tunesien feierten und die Türkei bereist hatten, beschlossen wir im Sommer 2001 nach Schweden zu fahren, dem ersten Land meiner Emigration. Wir nahmen den Zug nach Rostock und setzten von dort mit einem der riesigen Fährschiffe nach Trelleborg über. Von hier aus führte eine kurze Busfahrt bis Malmö, der Handelsstadt am Sund. Wir machten von dieser malerischen Stadt auch einen Tagesausflug nach Kopenhagen und fuhren anschliessend nach Stockholm. Wir waren begeistert von den wunderschönen Häusern, dem vielen Wasser, den gemütlichen Kneipen, den malerischen Gässchen und den freundlichen Menschen!

Hatten wir bislang noch Prag, wo Kerstin eine Weile gelebt hatte, für die schönste Stadt der Welt gehalten, wählten wir nun einstimmig Stockholm zur Nummer eins! Sorge hatte ich nur etwas vor dem Besuch der jüdischen Gemeinde, wo ich mich nach eventuell noch vorhandenen Unterlagen oder Menschen auf die Suche begeben wollte. Schliesslich waren meine Erfahrungen mit jüdischen Institutionen in Deutschland nicht gerade Optimismus weckend gewesen! Kerstin meinte jedoch, dass wir es versuchen sollten, da die schwedischen Juden vielleicht ähnlich freundlich wären, wie der Rest der schwedischen Bevölkerung. Wir gingen also zunächst zu der Synagoge, die ich zu den Hohen Feiertagen 1940 auf Einladung einer Stockholmer Familie besucht hatte. Das Gemeindehaus lag direkt neben der Synagoge und war, wie leider inzwischen weltweit auf Grund der Gefahr von Attentaten üblich, mit einer Sprechanlage und Kameras gesichert. Ich erzählte meine Geschichte also in die Sprechanlage, wartete einen Augenblick und… wurde tatsächlich eingelassen und freundlich empfangen!

Zunächst wurden wir in den Keller des Gebäudes begleitet, in dem sich das Archiv der Gemeinde befand. Hier fand eine Dame auch meine alte Karteikarte, auf der das Datum meiner Ankunft, die Heime und meine Abfahrt vermerkt waren. Danach zeigte man uns die Synagoge, die ich noch immer gut in Erinnerung hatte. Einen Augenblick lang setzte ich mich auf den Platz, den ich damals beim Gottesdienst auch eingenommen hatte. Anschliessend gingen wir zurück in das Gemeindehaus, wo mir ein Herr vorgestellt wurde: Er war zur selben Zeit wie ich in Falun im Kinderheim gewesen! Wir konnten uns allerdings beide nicht mehr aneinander erinnern - immerhin waren inzwischen 60 Jahre vergangen. Zudem war er drei Jahre älter als ich, was für Jugendliche einen grossen Unterschied macht, so dass wir damals nicht viel miteinander zu tun gehabt haben dürften. Er erzählte uns, dass unser ehemaliges Heim nach dem Krieg als Unterkunft für andere jüdische Flüchtlinge aus Europa, die „displaced persons", genutzt wurde und 1951 vollständig abbrannte. Heute gebe es dort keine Spur mehr von unserem Leben im Heim. Wir beschlossen also, nicht wie geplant nach Falun zu fahren, da ich dort keinen Anhaltspunkt für Erinnerungen mehr finden würde.

So stand nur noch Uppsala als Ziel aus. In der Gemeinde sagte man mir jedoch, dass es in Uppsala keine eigene jüdische Gemeinschaft mehr gebe und die wenigen, dort lebenden Juden erst viele Jahre nach meinem Aufenthalt dorthin gezogen seien. Ich hatte jedoch den Namen meiner Schule und die Adresse des Heimes mitgebracht, so dass wir dennoch den Bus nach Uppsala bestiegen. Zunächst fragten wir bei der Tourismusinformation nach der genauen Lage des ehemaligen Heimes. Es stellte sich jedoch heraus, dass auch hier die Zeit nicht stehengeblieben war: Der Strassenname musste gewechselt haben, denn auf den aktuellen Stadtplänen war er nicht mehr zu finden. So wurden wir an das Stadtarchiv verwiesen, wo - trotz Sommerferien - sich eine Dame sofort bereit erklärte, uns bei der Suche nach meiner Vergangenheit zu helfen. Die Dame suchte alte Stadtpläne aus dem Archiv, wälzte in alten Chroniken und musste feststellen, dass die Schule abgerissen und durch einen Neubau ersetzt worden war. Die Strasse war umbenannt worden, existierte jedoch noch. Was sie nicht glaubte, war, dass mein altes Kinderheim dort noch stünde. Wir bedankten uns und machten uns dennoch auf den Weg, um zu sehen, ob ich noch irgendetwas Bekanntes wiederfinden würde. Alles hatte sich jedoch grundlegend verändert: Die ehemals idyllische Gegend war nunmehr ein Industriegebiet, durch die eine breite Autostrasse führte. Wir waren etwas enttäuscht, nichts gefunden zu haben, aber auch zufrieden, die Spurensuche unternommen zu haben. Vor der Rückfahrt besuchten wir noch den Dom, der auf einer Anhöhe die Stadt überragt und neben der weltberühmten Universität liegt.

Die Rückreise nach Berlin wollten wir per Flugzeug bewältigen. Auf Grund einiger unverständlicher Preissysteme, war es billiger, über Helsinki zu fliegen, als direkt nach Berlin zu reisen. Also schauten wir uns noch einige Stunden die finnische Hauptstadt an, stellten aber schnell fest, dass nach Stockholm alles sehr trüb und grau erschien!

Berliner Alltag

In Berlin hatte zuerst die Einrichtung unserer Wohnung im Vordergrund gestanden, wozu auch das Zusammenschrauben aller Möbel gehörte, zumal uns ja praktisch alles fehlte. Es vergingen zudem Monate, bis der Computer mit allem technischen Schnickschnack auch wirklich funktionierte, da es einen Ursprungsfehler bei der Telecom gab und sich auch ein stadtbekannter „Hacker" die Zähne an unserem Gerät ergebnislos ausgebissen hatte...
Nun begann ich mich nach einer Beschäftigung umzusehen und versuchte, mich ehrenamtlich bei irgendeiner jüdischen Institution einzubringen. Trotz früherer Erfahrungen hatte ich nicht aufgegeben und merkte bald, wieder gegen unsichtbare Wände zu laufen. In der einzigen jüdischen Zeitung, der „Allgemeinen", versuchte man mich abzuwimmeln, indem man mir die Korrektur der bevorstehenden Ausgabe „anbot", was ich jedoch, zu deren Überraschung, trotz der für einen erfahrenen Journalisten wenig anspruchsvollen Arbeit auch akzeptierte. Nachdem ich eine Reihe Fehler darunter sogar im Titel auf Seite eins angezeichnet hatte, wurde mir gedankt und ich wurde mit den Worten verabschiedet, man werde sich melden. Inzwischen sind zweieinhalb Jahre vergangen...
Beim Gemeindevorsitzenden Nachama wurde mein Angebot auf kostenlose Mitarbeit mit fast den gleichen

Worten beschieden, und auch hier habe ich nie wieder etwas von ihm - und seinem Nachfolger Dr. Brenner, bei dem ich ebenfalls vorgesprochen habe - gehört. Ähnlich erging es mir bei Herrn Simon im Centro Judaicum. Alle taten so, als ob sie nur auf den geeigneten Augenblick warten würden, um mir eine tolle Aufgabe zu übergeben, meldeten sich dann jedoch nie wieder. Genau genommen verstehe ich dieses Verhalten bis heute nicht, da ich Jahrzehnte lang in jüdischen Institutionen aktiv war, über grosses Wissen verfüge und unentgeltlich arbeiten wollte.

Doch dann fand ich eine sehr aufgeschlossene Dame im Jüdischen Kulturverein, wo man mich sogar bat, für ihre Monatsschrift „Jüdische Korrespondenz" zu schreiben. Dr. Irene Runge veranstaltete auch einen Vortrag von mir im Kulturverein und lud mich als Gesprächspartner ins Literaturforum im Brecht-Haus ein. In mehreren Tageszeitungen Berlins war - teils mit grossen Fotos - von meiner Heimkehr berichtet worden und es meldeten sich mehrere Personen, die an einem Kontakt zu mir interessiert waren. Darunter war auch Dr. Paul Nunheim, zu dem sich inzwischen eine echte Freundschaft entwickelt hat. So wurde ich hinzugezogen, als er eine Gedenkwand in seinem Haus am Koppenplatz 6, in Berlin-Mitte, für die ehemaligen jüdischen Hausbesitzer schuf. Inzwischen ist in diesem Gebäude auch die Kunstgalerie „sphn" eingerichtet worden und Kerstin und ich nehmen an allen Vernissagen teil. „sphn" steht für die Anfangsbuchstaben der vier Galerie-Betreiber.

Gemeinsam mit Dr. Thomas Leonhardt besuchte

ich das Jüdische Museum in Berlin. Dr. Leonhardt ist ein bekannter Anwalt in Buenos Aires, war Herausgeber einer Zeitung und wurde vor etlichen Jahren Präsident des Deutschen Klubs. Es war zum ersten Mal, dass mein „Semanario Israelita" vom Deutschen Klub abonniert wurde und dort zur Lektüre auslag. Im Jüdischen Museum unterhielten wir uns mit dem damaligen Vizedirektor, Tom Freudenheim, der uns eine VIP-Besichtigung organisierte und für mich fast schon überraschender Weise auch freudig auf mein Angebot einging, ehrenamtlich mitzuwirken! Es sei ein Mitteilungsblatt vorgesehen, der News Letter, wofür er gerne meine Dienste in Anspruch nehmen wolle. So kam ich endlich zu einer Aufgabe und fühlte mich wieder nützlich. Mit den Damen der Öffentlichkeitsabteilung - Söderman, Bodemann und Dillmann - kam es zu einer sehr erfreulichen Zusammenarbeit.

Kurze Zeit später wurde ich zu einem Vortrag über meine Emigration in das Ibero-Amerikanischen Institut eingeladen und stellte zu meiner grossen Freude fest, dass sich auch der ehemalige Konsul in Argentinien, Dr. Bernd Sproedt, und die Frau des damaligen Pressereferenten Georg Boomgaarden eingefunden hatten. Wir unterhielten uns lange und verabredeten weitere Treffen. Georg Boomgarden ist Leiter der Lateinamerika-Abteilung im Auswärtigen Amt und Bernd Sproedt wurde inzwischen deutscher Botschafter in Bolivien. Wir haben uns häufig gegenseitig besucht und pflegen freundschaftliche Kontakte.

Für mich sehr wichtig waren wieder einmal Heiner und Monika Hartmann. Sie machten mich mit dem Barmann des Billiard-Salons „Köh", Andre Schmidt, bekannt. Andre und ich sind sehr gute Freunde geworden, folglich wurde das Köh in den Hackeschen Höfen unser Stammlokal, wo wir uns mit Freunden treffen und auch regelmässig „Pool" spielen. Ausserdem schenkt Andre den besten Rum aus: acht Jahre alten Bacardi. Zu Kerstins Promotionsfeier hatten wir 20 Freunde bei uns zu Hause eingeladen und Ehrengast war Andre der seine halbe Bar mitbrachte und den ganzen Abend die köstlichsten Cocktails zubereitete, die alle begeistert konsumiert wurden! Es mag komisch klingen, doch ich bin mehr als stolz darüber, dass Andre mein Foto als „Geniesser" auf seine Getränkekarte gedruckt hat.

Da ich immer davon geträumt hatte, einmal die Universität besuchen zu können, schlug mir Kerstin nun vor, als Gasthörer zur Humboldt Universität zu gehen. Hier besuchte ich eine Vorlesung zur Politischen Ideengeschichte bei Professor Herfried Münkler. Ich war sehr begeistert von seiner interessanten Vortragsweise, machte mir Notizen und lernte viel. Es waren für mich wichtige Eindrücke, inmitten der jungen Studenten zu sitzen und mir diese spannenden Themen erklären zu lassen.

Zuletzt habe ich auch eines meiner Traumata bewältigt: Nachdem ich mein ganzes Leben als Gringo nicht einmal wählen durfte, bin ich in eine politische Partei eingetreten. Meine Sympathie galt stets der Sozialdemokratischen Partei (SPD) und ich wurde

Mitglied im Bezirk Tiergarten, meinem ehemaligen und jetzigen Wohnsitz. Hier traf ich nette Leute, Genossen, die mich sofort für den Wahlkampf einspannten, der um den Bürgermeister der Hauptstadt für den 21.Oktober 2001 angelaufen war. Ich betreute Info-Stände, verteilte Wahlpropaganda auf der Strasse, half beim Plakatekleben mit dem Bild unseres Kandidaten Klaus Wowereit und warf auch die Info-Korrespondenz in Briefkästen. Sein Wahlsieg war dann auch irgendwie der meinige...

Ich bin wirklich heimgekehrt und lebe als Deutscher in meinem Land. Ich scheue mich nicht, bei einer Begegnung mit Fremden darauf hinzuweisen, dass ich Jude bin, was kommentarlos zur Kenntnis genommen wird und es mir manchmal vorkommt, als ob ich offene Türen einrenne. Denn, so glaube ich, vielen Menschen ist die Religionszugehörigkeit inzwischen völlig egal und man wird danach beurteilt, ob man ein interessanter Gesprächspartner ist oder nicht. Auch der Altersunterschied gegenüber jungen Leuten ist eher eine Angelegenheit der eigenen Einstellung zum Leben und kein grosses Problem. Ich gehe mit Kerstin oft auf Partys ihrer Alterskollegen und unterhalte mich gut. Berlin ist für mich eine sich rasant entwickelnde Metropole, in der auch die unterschiedlichsten Menschen ihren Charakter bewahren und ausleben können.

Ich bin nach Hause zurückgekehrt!